serie del

Leyendas de la Santa Muerte

Primer Gran Concurso de
LEYENDAS DE LA SANTA MUERTE
de **Calli Casa Editorial**, California 2009

PRIMER LUGAR

"Santísima" de José Xermán Vazquez Alba, Celaya, Guanajuato, pág. 111

SEGUNDO LUGAR

"El Olvido" de Luis C. A. Gutiérrez Negrín, Morelia, Michoacán, pág. 10

"Off the Record" de Fernando Álvarez Téllez, México, D. F. pág. 8

TERCER LUGAR

"La Señora" de Zaida Cristina Reynoso Camacho, Chapala, Jalisco, pág. 13

"Café Extinto" de María Fernanda García Lozano, Rhode Island, EUA, pág. 2

MENCIÓN HONORÍFICA

"El último día de la espera", de José Ricardo Durán Barroso, Bucaramanga, Colombia, pág. 40

"Historia detrás de una nota periodística", de Luis Antonio Rivera Rangel, Ecatepec, Edo de México, pág. 36

"Noches de ronda, pasión y destino", de Adriana Castellanos López, Zapopan, Jalisco, pág. 74

"¡Sé cumplir, sé cumplir!", de Obed González Moreno, México, D. F. pág. 103

"Testimonios del abuelo", de Fernando Rivas Castillo, Mérida, Yucatán, pág. 78

CAFÉ EXTINTO

María Fernanda García Lozano

Yo tenía once años, fui a pasearme con los centavos que papá me dejó sobre el buró. Caminé dando vueltas a todos los lugares para ver a quien encontraba, pero todos parecían adentrados en su propia fiesta. Agitaba las monedas con mis dos manos, sentía el tintineo de los metálicos de un peso atorados entre mis dedos.

Abrí mis manos para ver cuántas tenía, no era mucho, tal vez ni era nada, agité de nuevo las monedas para ver si se multiplicaban. Abrí mi mano y los cinco pesos seguían azotándose unos contra otros sin aumentar su valor.

Cuando pasaba frente a don Francisco me ha de haber visto la cara, porque no tardó nada en llamarme. Era amigo de mi papá desde la infancia, se criaron juntos.

-Hola, muchacho, -me sonreía con gran entusiasmo, -¿Argelio te ha dejado dinero?

-Me dejó... -extendí mi mano y soltó una pequeña risa.

-Guárdalo para que lo gastes después, ¿de qué la quieres?

Miré apenado el mostrador y elegí la de mamey, aquel era mi día de suerte. Agarró el cono más dorado y le puso tanta nieve como le cupo.

Miré alrededor. Me sorprendí al ver la figura que me sonreía con tanta inquietud. En casa hablaban de ella frecuentemente, a mamá no le agradaba, decía que tenía la mala suerte de verla cada vez que algo malo ocurría. Una vez Alberto me dijo que su abuelo la había visto, envuelta en negro como si estuviera loca, con calcetines obscuros y las manos desgastadas. Una vez mi tía lloraba y lloraba, lloró toda la noche, mencionando su nombre palabra tras palabra. Yo la imaginaba distinta y al verla justo a mi lado, con mis propios ojos, me hizo dudar, pero era inconfundible.

No llevaba puesta una túnica negra, sino una amarilla estampada de flores naranjas.

No tenia calcetines obscuros, llevaba los huesos desnudos en unas chanclas artesanas. En su cabeza un turbante la decoraba y en la parte derecha tres flores inmensas colocadas con delicadeza. Me distrajo ver las gotas que se escurrían por mi brazo, me sonrió sutilmente y sacó un pañuelo rosado que olía a azahares. Me limpié con cuidado y le prometí regresárselo limpio.

Me invitó una charla en el café de Tomás. Caminaba meneando la cadera como si quisiera que algo resaltara de la tela, pero su cuerpo delgado le dejaba solo el aire que le volaba. Nos sentamos en las sillas tejidas. Ella pidió un café. Le trajeron un tarrito de barro que humeaba espeso, como si danzara el propio humo desafiando los pasos del viento. Sus manos delgadas tomaron la cucharita con cuidado.

-¿Y has venido solo, Alonso?

-Mi padre se ha quedado por trabajo, mamá es comadrona, ahora está con el nieto de don Chelo.

-Ese niño nacerá sano, y con las manos de tu madre aún más, -le dio un pequeño trago a su café amargo. -Puedes decirme Señora. ¿En dónde estudias?

-En la primaria Valderrama.

-Bonita escuela, ¿a qué te quieres dedicar?

-Doctor o paletero.

-¿Paletero, niño?

-Sí, así siempre tendré con qué consolarme cuando llore.

-Y por qué doctor.

-Así nunca se morirán mis padres, siempre podré curarlos.

Se rió y me dio palmaditas en el hombro.

-Tienes razón, curarás todo lo que se te ponga enfrente.

-¿Y usted? ¿Qué estudió?

-Uy, mi niño, estudié tanto que ya ni recuerdo cuales son mis profesiones. Soy doctora porque a veces me toca cargar los heridos; soy música de corazón para que no se me derramen en lágrimas; soy bailarina para que no se me aburran, cocinera para que no se me desmayen, niñera porque a veces se me escapan corriendo, muchas veces soy compañera y hay quienes dicen que santa.

-¿Y dónde aprendió todo eso?

-Con el tiempo, niño, con el tiempo.

Se terminó su café y se limpió, educada, su maxilar. No quería terminar de escuchar su voz y aquellos movimientos coquetos.

-Y usted qué hace por aquí.

-Vine a darme una vuelta, el pueblo necesita rejuvenecerse.

-A quién busca.

-Veo alrededor pero no lo he encontrado, ¿sabes tu dónde puede estar el señor Casillas?

-En su casa, que ha estado enfermo de la rodilla que ya no le funciona.

-Bueno, Alonso, tendré que irme porque me esperan

-¿Puedo acompañarla?

Me miró con gracia. -No debería permitirlo, pero vamos pues.

Me levanté de un brinco. Caminé algunos pasos a su lado mirando las flores. En cualquier momento esperaba que preguntara algo, pero fue hasta salir de la plaza donde me miró de nuevo.

-Y dime, ¿te gusta bailar?

-No lo hago frecuente, sólo cuando mi padre toca la marimba.

Guardamos silencio, comencé a contar las piedras que pisaba como si no tuviera nada qué decir, la miré y ella hacía lo mismo.

-¿Es amiga del señor Casillas?

-Pues sí. En verdad soy amiga de todo mundo.

-¿Viene a curarlo?

-Se curará, claro. Siempre y cuando quiera irse conmigo.

-¿Por qué tiene que irse?

-Ya nada tiene que hacer aquí.

Cuando recordé ya estábamos frente a la casa del señor Casillas, la madera vieja de la puerta estaba entreabierta, la pintura se caía desde hacía algunos años.

-Ven, verás que le da gusto vernos...

Entramos al cuarto y el señor Casillas estaba dormido, pálido, sus piernas débiles mostraban algunas llagas. Ella se acercó con delicadeza, se sentó en la silla de mimbre que estaba a su lado, una voz suave y tierna llenó el cuarto, parecía que le cantaba para arrullarlo.

El viejo comenzaba a parpadear, mirando a su alrededor como quien reconoce algo, con esfuerzo se incorporó y comenzó a llorar mientras ella le ponía una mano en la frente.

El señor Casillas se quitó las sábanas, incorporándose como niño que aprende a caminar y ella lo abrazó. Así duraron unos minutos, como si en aquel momento le dijera todo lo que le tuviera que explicar.

Salieron y yo detrás de ellos. Ella se volvió, tomó una flor de su cabeza y me la puso entre las manos.

-Mucho gusto, caballero.

Me guiñó el ojo y se volvió con el señor Casillas, que sacudía su mano despidiéndose de mí. Me senté en la banqueta mirando cómo se alejaban.

Alguien gritaba mi nombre, ya había obscurecido, no me había dado cuenta. Era mamá que me estaba buscando.

-¡Alonso, qué haces aquí afuera, hace frío, que no ves, niño, que te puedes enfermar! Ha muerto el señor Casillas, no es momento para que un niño esté afuera de su casa.

-Ya lo sé, yo lo vi.

-Vámonos, niño.

-Mamá, ella se lo llevó feliz y me ha regalado una flor.

-¿Quién?

-Esa que tú no quieres nombrar, mamá, a la que le dicen La Santa Muerte.ෆ

EL FRÍO DE LA SANTA MUERTE

Juan Ambrosio

Muchos de los creyentes y aún los no creyentes afirman que han podido ver o percibir el paso de Nuestra Señora la Santa Muerte en distintos momentos de su vida en lugares y situaciones especiales. Esos hombres y mujeres que han visto a la Santa Muerte coinciden sobre ciertas señales que nos indican la presencia de la Señora.

Se habla de que cuando la Santa Muerte se manifiesta hay un gran silencio, la naturaleza enmudece, hombres y animales callan ante la inminente aparición de ella. Ocurren algunos fenómenos como el descenso de la temperatura, cierta obscuridad que da paso a una gran brillantez donde finalmente hace su aparición. Esta puede ser mediante la imagen de una mujer vestida de blanco y cubierta de una túnica que la envuelve casi completamente, aunque también hay quien la ha visto en la forma conocida, es decir como un esqueleto, portando la guadaña, una lámpara, un libro, un reloj de arena o acompañado de un búho. O simplemente sienten su presencia sin que vean nada directamente. Hay quienes dicen que la aparición ocurre cuando se encontraban en una situación de apuro, en sueños. Después de orarle, aunque otros más señalan que no hubo ningún motivo especial, sencillamente tuvieron la visión de ella.

En algunas de estas apariciones las Señora se ha dirigido a ellos con algunas palabras, pero igualmente hay quien refiere que en ningún momento les habló y solamente percibieron su esencia.

En fin, que las apariciones de la Santa Muerte han estado presentes de muy diversas formas en distintas partes de México y del mundo por lo que se han creado ciertas leyendas que se repiten constantemente, a nosotros solo nos toca relatarlas, tal y como hacemos a continuación con un ejemplo de los tantos cientos de casos que nos llegan diariamente.

LA SANTA MUERTE Y DON ALBINO

Uno de los casos más sobrecogedores, es el de Albino García Reyes, habitante de Huitzilac, en el estado de Morelos. El Señor Albino es comerciante y tiene un molino donde prepara y vende, chiles secos, harinas, hojas de maíz y el tradicional mole mexicano. Por su actividad Don Albino tiene que viajar constantemente a la Ciudad de México ya que surte a varios mercados de la capital. Un día, a mediados del mes de abril del año 2006, Don Albino regresaba del Distrito Federal rumbo a su casa, era un viernes por la tarde y el sol comenzaba a meterse por lo que el hombre aceleró su camioneta con la idea de que la noche no lo agarrara en la carretera.

Don Albino se considera creyente, temeroso de Dios. En los últimos años ha depositado su confianza en la Santa Muerte desde que la Señora le ayudó con ciertos problemas legales y económicos por los que atravesó durante un tiempo. Por esta razón, le reza y le pide en situaciones difíciles. En su casa tiene incluso un altar, sin embargo, nunca había presenciado alguna manifestación de ella, nunca, hasta ese viernes.

Todo parecía ir bien, manejaba a una buena velocidad, sin excederse, pero cuando pasó el poblado de Tres Marías, notó algo extraño en los pedales, todavía avanzó unos kilómetros más antes de darse cuenta que los frenos estaban fallando, quiso disminuir la marcha, pero el destino le deparó una pequeña curva donde perdió el control y literalmente voló por sobre una pequeña cuneta.

Don Albino recuerda "Sentí un fuerte dolor en la frente, y todo comenzó a darme vueltas, me sentía aturdido, mis manos estaban en el volante pero parecía que no tenía fuerza, todo fue muy rápido". Inmediatamente vino una sensación extraña, "No escuchaba nada, como cuando se tapan los oídos, que todo se oye muy lejos." Y luego el silencio, un silencio especial, no había viento, no había movimiento de ninguna clase, la mente de Don Albino funcionaba como en cámara lenta, el impacto había sido tan fuerte que lo había arrojado del vehículo. Veía lo que ocurría a su alrededor como si asistiera a una película en el cine pero sin audio. Podía mirar la camioneta volcada sacando humo y polvo, las piedras del cerro, los árboles e incluso el cielo rojizo del crepúsculo, pero no escuchaba nada.

Hubo un momento en que percibió una obscuridad repentina, cómo si algo cubriera los escasos rayos de sol que aún quedaban, seguía sin oír nada pero su cuerpo comenzó a temblar, fue cuando se dio cuenta de que hacía un frío intenso, insoportable, por instinto cruzó los brazos para darse calor, sintió entonces un viento ligero que le daba en la cara y un escalofrío recorrió su espalda. No supo en que momento apareció, simplemente allí estaba, cerca de un montículo.

Por un instante Don Albino pensó que era alguien, pero cuando quiso observar su rostro no pudo, era como si quisiera mirar al sol de frente. "No podía verla, como cuando ves el sol y sólo te aparecen manchas." Pero no había ya casi luz del sol, por el contrario la noche comenzaba a llegar y el frío calaba los huesos.

Fue entonces que la molestia desapareció de sus ojos y percibió la imagen de una mujer muy blanca envuelta en una especie de túnica brillante como el satín, su mirada era penetrante y fría, profunda, "era algo que no era de este mundo, no es como la mirada de las vírgenes o santas que están en la iglesia, era una mirada fuerte, penetrante que a la vez me daba miedo y me inspiraba respeto, supe que era ella, no se todavía porqué, pero sabía que era mi Señora, algo en mi corazón me lo decía."

Don Albino está seguro que la imagen de la mujer era la Santa Muerte que en ese momento apareció para salvarlo o quizá para decirle que no había llegado su hora todavía. En ese momento sintió un breve desvanecimiento que lo hizo cerrar los ojos por un instante, fue un parpadeo rapidísimo pero suficiente para que la imagen desapareciera. "Ya no la vi, ya no estaba allí y fue como si mis oídos se destaparan porque escuché todo lo que pasaba a mi alrededor, los ruidos de los fierros de la camioneta, el viento, los animales, todo volvió a ser real, quise moverme pero todo me dolía. Tuve que hacer un esfuerzo para levantarme, aunque de algo si estaba seguro y es que iba a salir con bien de esta, o sabía porque ella había estado allí conmigo."

Aunque la aparición fue rápida Don Albino recuerda algunas características de la Santa Muerte en su faceta encarnada; dice que era muy delgada, con una túnica brillante y blanca tipo tela de satín, ojos y cabello negros, largos aunque ocultos un poco en la capucha de la túnica, labios muy delgados y afilados.

No recuerda que trajera algún otro elemento con el que normalmente se relaciona la imagen de la Santa Muerte, no le vio las manos y tiene la vaga sensación de que algo traía entre los pliegues de la túnica a la altura de la cintura, algo así como un libro. Sin embargo no recuerda bien.

Otro aspecto que recuerda muy bien Don Albino es que inmediatamente que la imagen desapareció, una lechuza o búho, voló desde unos arbustos cercanos: El hombre la reconoció inmediatamente por la forma de su cabeza además de que no hacía ruido, simplemente se elevó y desapareció muy rápido.

Cuando se le inquiere sobre porque esa seguridad en que se trataba de la Señora, Don Albino dice que algo muy dentro de él así se lo decía, y aunque la Santísima no le habló directamente, él tiene la sensación de que la Señora lo llamó por su nombre, como si le hubiera hablado dentro de su cabeza.

Desde entonces Don Albino García Reyes, avecindado en Huitzilac está seguro que vio a la Santa Muerte en un momento que su vida corría peligro. No sabe si se le apareció para ayudarlo, para avisarle que esta vez no se lo llevaría o para darle algún mensaje que todavía no comprende, lo cierto es que su visión coincide con la de otros creyentes que también han tenido la oportunidad de presenciar las manifestaciones de la Santa Muerte.☙

OFF THE RECORD

Fernando Álvarez Téllez

"Con eso tengo para mi nota, campeón, muchas gracias", dijo la reportera al tiempo que oprimía el stop de su grabadora. Lince de Plata asintió, mientras aflojaba un poco la agujeta de su máscara; sin más, el monarca mundial semi-completo empezó a hablar: "Mire, señorita, le voy a contar algo acá, en confianza, sólo para su consumo personal. La mera verdad, sí soy devoto de la Santa Muerte, lo negué en la entrevista porque me lo ordenó mi empresa. No era mi intención presumir el dije de oro con que me tomaron las fotos la semana pasada. Sencillamente olvidé metérmelo en la camisa y andaba como si nada en la visita al orfanato. Qué me iba a imaginar que uno de sus compañeros, en lugar de centrar la nota en la labor de beneficencia que hice, iba a poner atención en eso. Digo, uno puede creer lo que quiera, ¿no? Lo peor fue que mis jefes lo tomaron muy en serio al ver las fotos publicadas y me ordenaron parar todo, que porque debo cuidar mi imagen, que un ídolo de los chavitos no debe andar con cosas raras colgadas al cuello... puras tonterías.

"O sea, la gente ya vio las imágenes, y ahora debo quedar como tonto diciendo que traía el dije nomás porque un niño me lo había regalado... ¡Carajo! No me quedó de otra más que obedecer, pues hasta me amenazaron con quitarme el personaje. Por favor, esto no lo vaya a publicar, es entre nos.

"Creo en Ella porque me salvó el pellejo. Si no me hubiera puesto en sus manos, ya estaría pelas. De muy morrillo le hice al alcohol y a todo tipo de drogas. Discúlpeme lo que le voy a decir, pero a cambio de un pasón llegué a chupar vergas, ¡en serio!, así es el vicio. Harto de tanta porquería en mi vida, dejé de pedirle a Diosito que me curara. Un compa me dijo que La Niña Blanca era bien efectiva y que le entrego mi vida. Y hoy aquí estoy, dando entrevistas y autógrafos y hasta ganando buena lana (¿por qué ocultar lo que me da mi Patrona?). En serio, no vaya a publicar esto porque me jode, se lo cuento porque me cayó muy bien... es más, a ver si luego me acepta un cafecito, ¿no?

"Yo no sé por qué la hace de tos la empresa, si hasta ellos le deben un chingo a mi Madrinita. Ella es quien me da fuerza para hacer todo lo que hago en el ring, me cuida de lesiones y accidentes, todo eso.... Siento algo de miedo, a ver si mi Nenita no se me enoja porque la ando negando, pero ahorita no tengo de otra, usted sabe, la chamba... Entonces, écheme su cel (bueno, te voy a tutear, guapa), échame tu cel y te llamo en la semana, para lo del café, o igual y vamos al cine, ¿sale?, chance y hasta te dejo que me veas sin máscara y te paso unos chismecillos pa que los publiques, ¡ya quedamos!"

Al día siguiente, la nota principal de la sección deportiva del periódico Escord fue:

¡Ídolo de la lucha acepta ser devoto de la Santa Muerte!

"Mi empresa me obligó a negarlo", asegura El Lince de Plata.ca

EL OLVIDO

Luis C. A. Gutiérrez Negrín

Para principios de agosto Atanasio ya empezaba a desesperarse. Había pasado un mes desde que su supervisor le había informado que tendría que dejarlo ir (el eufemismo con el que los patrones le comunicaban a uno que estaba despedido del empleo), porque la compañía tenía menos trabajo y él últimamente era de los empleados menos productivos. Había venido trabajando en una gran compañía que proporcionaba servicios de limpieza en diversos edificios de oficinas de Nueva York, y aunque él se esforzaba igual que siempre ya no le alcanzaban las fuerzas como antes, cuando hasta había logrado la designación como empleado del mes en un par de ocasiones.

Le quedaban algunos ahorros, por supuesto, y de ser preciso podría recurrir a su fondo de retiro. Además, desde que los hijos se casaron sólo tenía que preocuparse por sus propios gastos y los de su esposa. Pero no se hacía ilusiones. Sabía que a su edad y sin calificaciones para desempeñar una actividad distinta a la de sus últimos años en esa compañía, sus perspectivas no eran muchas, como lo probaba este último mes en el que había llenado muchas solicitudes de empleo sin ningún resultado.

Por eso no lo pensó mucho para aceptar la sugerencia de su esposa, y el 15 de agosto se encaminó junto con ella al departamento de una de sus amigas donde se había improvisado un altar a la Santa Muerte, cuyo día se celebraba. Él no era especialmente religioso. De hecho, se consideraba a sí mismo un incrédulo en materia de religión, pero en el fondo sentía que la divinidad (cualquiera que esta fuera) a veces interviene en el destino individual y que, con un poco de suerte, uno lo podía saber y tal vez influir en esa intervención. Una gitana de feria itinerante que visitó su pueblo natal cuando era niño le había predicho con toda seriedad que llegaría muy lejos. Si cerraba los ojos y se concentraba lo suficiente, incluso ahora podía recordar los ojos de la mujer fijos en los suyos mientras le tocaba levemente la mano derecha apenas extendida, y él con el rabillo del ojo adivinaba la cara siempre adusta de su madre en la que parecía esbozarse una sonrisa. "Y hoy," como le gustaba rematar las frecuentes veces que había contado la anécdota, "mírenme donde estoy: bastante lejos de Sahuayo, ¿o no?" Hacía casi diez años un mensaje escrito en una galleta china de la suerte, que le costó trabajo descifrar, decía que muy pronto subiría. Menos de una semana después había conseguido el empleo en la compañía de limpieza donde, casi desde el principio, se le destinó a hacer el aseo de los pisos superiores de los rascacielos de Manhattan.

El departamento de la amiga de su esposa estaba casi en penumbras. La única luz provenía de la veladora encendida al pie de la estatuilla de la Santa Muerte, un esqueleto andrógino con figura vagamente femenina cubierto por completo por una túnica blanca, excepto en las manos y la cara. La figura sostenía una guadaña y en la palma de la mano izquierda un pequeño globo terráqueo. Atanasio entró reverentemente detrás de su esposa, dirigiéndose hacia la estatuilla, a cuyos pies se veía una pequeña balanza y un diminuto reloj de arena. Estaba colocada sobre una mesa cubierta con un mantel blanco, en la que además pudo distinguir lo que le parecieron ofrendas compuestas por un vaso de agua, una cruz, una cajetilla de cigarros, tres manzanas frescas, un florero con cuatro claveles rojos, un pequeño vaso con licor, un trozo de pan integral, un racimo de plátanos de los llamados dominicos y un cenicero con un cigarrillo a medio consumir.

Mientras él hacía ese detallado inventario mental, su esposa se dirigió hacia su amiga y murmuraron algo en voz baja. Después se le acercaron, y la anfitriona le susurró que no debería tener ningún miedo (realmente no lo tenía) y que nunca debería faltarle al respeto a la santísima (tampoco sentía la menor intención de hacerlo). Entonces ella colgó un dije de plata en la estatuilla y le pidió un billete de un dólar y nueve monedas. Dobló ceremoniosamente el billete y lo colocó junto con las monedas, además de un pequeño trozo de cuarzo blanco y una bolsita de tela roja, en un platito de barro que extrajo debajo de la mesa. A continuación sacó otra veladora, menos grande pero también con la imagen de la Santa Muerte, y le pidió que la encendiera y que rezara un padrenuestro en voz baja. Al terminar le pidió que cerrara los ojos y repitiera con ella la oración ("Santísima Muerte de mi adoración, no me desampares de tu protección"), después de lo cual le dijo que hiciera su petición. Atanasio no dudó. Deseó fervientemente recuperar su antiguo trabajo. Nada más.

Cuando abrió los ojos, su esposa le dio un suave tirón para alejarlo del altar hacia uno de los rincones de la estancia. Ahí permanecieron en silencio viendo a la anfitriona acercarse a la estatuilla con otra persona para empezar un nuevo ritual. Entonces su esposa le pidió veinte dólares que depositó en una canasta y regresaron a casa. Durante el trayecto ella le comunicó que debería regresar al tercer día, cuando su amiga vaciaría en la bolsita roja lo que había quedado en el plato de barro. A partir de entonces siempre debería llevar consigo la bolsita en el bolsillo derecho del pantalón.

Aunque Atanasio había llegado a casa bastante impresionado por el ritual, la realidad cotidiana de los días siguientes lo devolvió a su escepticismo natural mientras continuaba llenando solicitudes ("aplicaciones", les decían) para un nuevo empleo. De tal manera, aunque de todos modos había regresado a recoger la bolsita roja y la anduvo cargando donde debía, se llevó una sorpresa cuando a principios de septiembre un ex compañero de trabajo le telefoneó para decirle que la compañía acababa de ganar un nuevo contrato y estaba recontratando personal. Con la mano en el bolsillo derecho aferrando la bolsita se entrevistó con su antiguo supervisor quien le dijo que sí: le daría una nueva oportunidad, pero tendría que esforzarse más que antes. Empezaría el próximo lunes, en el turno matutino, en el piso 98 de la torre norte en un complejo de edificios en el que Anastasio estimó que diariamente trabajaba más gente que la que vivía en todo su pueblo.

El martes 11 de septiembre era su segundo día de trabajo, y aún no calculaba bien sus tiempos de transporte. Casi tuvo que correr los últimos metros para alcanzar a llegar a tiempo. En los vestidores del sótano se enfundó rápidamente el uniforme, firmó su asistencia, reunió su equipo de limpieza y tomó uno de los ascensores al piso que le tocaba. Empezó a trabajar de inmediato limpiando meticulosamente la alfombra de uno de los pasillos contiguos al ala oriente de la torre. En cierto momento levantó la mirada para contemplar a través de los ventanales herméticos la serie de ordenadas calles que constituía esa parte de la ciudad conocida como el Lower East Side. De pronto vio que se acercaba un avión y pensó que venía volando muy bajo, rememorando fugazmente aquella estrofa de la canción que cantaba Pedro Infante ("Ando volando bajo...") y que tanto le gustaba. Incrédulo, apagó la máquina y contempló cómo el aparato se agrandaba cada vez más y más, hasta que casi pudo ver por la ventanilla del piloto un extraño rostro barbado con los ojos cerrados y la boca gesticulante. Ni siquiera se le ocurrió correr. Recordó en cámara rápida el extraño ritual al que le debía su trabajo y se llevó maquinalmente la mano al bolsillo derecho de su uniforme. Entonces, en el último instante creyó entender lo que pasaba: la bolsita roja se había quedado en el pantalón que dejó en el vestidor. ¿Será que la Santa Muerte le reclamaba su olvido?◌

LA SEÑORA

Zaida Cristina Reynoso Camacho

Cuando Amanda abrió los ojos observó a través de la ventanilla la capa de niebla que, como pálidos lienzos mortuorios se elevaban del oscuro pavimento cubriendo el paisaje de lo que debía ser ya la ciudad de México. Un intenso frío le agarrotó los pies calzados sólo por sandalias de plástico y el olor a desinfectante barato que impregnaba el camión volvió a provocarle nauseas; cerró de nuevo los ojos tratando de no pensar, pero a los pocos minutos el autobús entraba en un andén abarrotado de gente.

Entre la multitud descubrió a Dalia que levantando una mano le hacía señas de bienvenida. Con empujones y codazos se abrió paso hasta fundirse con su hermana en un abrazo cimbrado por los sollozos de ambas.

-Me ganó el miedo, a poco y no venías a recogerme.

-Cómo que no, si me da harto gusto que me visites. Nadien de la familia ha venido a verme.

Dalia la tomó del brazo iniciando la marcha hacia la salida, tratando de esquivar al mar de pasajeros que se movían en todas direcciones. En el centro de la sala se alzaba un altar enorme presidido por una Guadalupana de yeso, Amanda hizo el intento de detenerse para rezar un Ave María, pero Dalia la llevaba casi en vilo y sólo fue capaz de una fugaz persignada.

Luego la excursión por el intrincado laberinto del metro, el camión urbano y la subida a pie por las retorcidas calles del Ajusco, acabaron con las pocas fuerzas que a la muchacha le quedaban, cuando por fin llegaron a la destartalada vivienda, sintió que las corvas se le aflojaban y se tiró en la primera silla que encontró.

Dalia veía a su hermana con detenimiento, seguía siendo la adolescente de carita menuda y cuerpo espigado, pero sus ojos, antes inquietos y brillantes, se veían hundidos en profundas cuencas, rodeados por ojeras oscuras, y todas sus formas antes redondeadas eran ahora ángulos profundos. Empezó entonces el interrogatorio.

No, Amanda no había llegado de visita, venía para quedarse allí, en la capital; y no, no estaba enferma, había fracasado y su padre la echó del hogar, así, sin más ni más. Tampoco había querido irse con Victoria, la otra hermana, Los Ángeles estaba muy lejos y aparte porque había venido a buscar a Fabián, su novio, que estaba allí, en México.

-¡Uta! Estás pendeja, hermana. ¿Buscar a un hombre en este hormiguero que es el Defe...? ¡Ni cuando! Bien se ve que nunca salistes del rancho.

-Fabián es policía, estuvo en el pueblo unos meses y luego, de un de repente, así nomás, sin avisar, lo regresaron pa acá. Si vieras qué chulo es... igualito a Edgard Tavares, el de las novelas... Los mismos ojos, la misma risa... Yo sé que lo voy a encontrar.

-Mira, lo primero es sacarte el tambache que traes adentro. Yo conozco un doctor...

-Primero busco a Fabián. Ya que lo encuentre... Yo sé que él no me va a fallar. Mientras no quiero estar de oquis, te puedo ayudar, ¿todavía vendes colchas?

-No, ahora trabajamos para La Señora. Bueno, trabajo yo porque Pancho nomás maneja la camioneta. Temprano se va al centro a conseguir lugar, luego que se estaciona se larga a sus negocios, a leer el periódico. Yo llego después con el almuerzo y me encargo de la venta y ahí es donde te necesito. Tú siempre has sido buena pa las cuentas.

Ese mismo día Amanda conoció a La Señora. Trepada en un camión de redilas, era un esqueleto cubierto con túnica dorada, se mantenía de pie sosteniendo en una de sus huesudas manos una esfera azul y en la otra una balanza de cobre. Cuando las hermanas llegaron a una populosa calle del centro, Pancho terminaba de dar los últimos toques a la decoración: un fondo de cortinajes rojos, entre los que colgaban esferas multicolores y al pie de la Señora, entre dos jarrones con flores de seda, varias botellas de tequila y un letrero con la leyenda: "Nuestra Señora de la Santa Muerte".

Cuando la joven posó su vista en las cuencas vacías de la Dama, un extraño frío se desparramó por su piel y un vaho amargo cubrió su corazón. Mientras escuchaba que su hermana decía:

-Ella es la que nos da el pan de cada día, es la única que escucha nuestras penas. De entre todos los santos del cielo, es la única pareja, se lleva igual a los pobres que a los ricos. Ella cobra nuestros agravios, toma venganza de quien nos traiciona. Esta muertita es la única que anda por aquí de noche, cuidando a las mujeres de la vida, a los taxistas, a los cantineros. Fíjate bien, quien le rinde y la venera, aunque sea un cabrón, hijo de puta, padrote o caco tiene en ella buena defensa. Ella no nos juzga como los padrecitos de la iglesia, ella nomás nos escucha y nos ayuda. Así que, más vale que te encomiendes a ella pa encontrar al policía...

-A ver si te vas movilizando pa vender las estampitas, oraciones, medallas y amuletos, porque en un ratito más se nos arremolina la gente. —Era Pancho el que le hablaba, —porque aquí no hay vaquilla ni gallinas como en tu pueblo, aquí hay que talonearle duro y macizo pa poder tragar, así que ayúdale a la Dalia y... ¡Aguas con la cobrada!

Desde ese día, Amanda se incorporó al equipo del altar ambulante, unos días en la colonia Pensil o en la de los Doctores, en la calle de Aztecas o la de Moneda. Cuando le quedaba cerca, se daba una escapada a Catedral, pero la magnitud del edificio así como el ambiente de portentosa magnificencia le imponía cierto temor, un desasosiego extraño que le impedía concentrarse en el rezo. Regresaba luego a su puesto, y entre venta y venta escuchaba las múltiples historias que los clientes relataban, experiencias de favores y milagros que La Señora les concediera.

Así que Amanda le rezó a la Santa Muerte, primero sin mucha devoción, casi nomás por no dejar, pero su cercanía con el esqueleto se hizo cada vez más íntimo. Pancho le encomendó que se encargara del altar porque tenía gracia para esas cosas, que limpiara a "la Flaquita" del polvo y las cagadas de mosca, y hasta hubo noches en que durmió a su lado en la camioneta, cuando el cuñado andaba caliente y ella hacia mal tercio. Entonces llegó a sentir su presencia real y protectora entre ese mar de espectros desconocidos que era México. Así que cada noche pedía encontrar a Fabián, con la firme certeza de que la Señora de Huesos la escuchaba. Tal vez por eso algunas veces creía distinguirlo de espaldas, caminando entre la muchedumbre que se arremolinaba en los tianguis a que ellas acudían con su camioneta engalanada, y ella corría tras esas figuras huidizas hasta que se percataba de su engaño. Mientras, Dalia insistía una y otra vez en llevarla al doctor, todavía era tiempo de hacerlo sin que corriera riesgo, y pensar que el Fabián la iba a hacer fuerte eran puros sueños, eso en caso de que el cabrón se dejara ver algún día.

La noche anterior Amanda había tenido un sueño extraño, la Santa Muerte había surgido a su llamado, de entre su túnica dorada sacaba una pequeña figurilla de barro con la efigie de Fabián que luego le ofrecía extendiendo su mano huesuda, ella la tomaba gustosa al tiempo que el monigote empezaba a reírse tan fuerte, que resbalaba de su palma y se estrellaba contra el piso rompiéndose en pedazos. La muchacha volvía sus ojos azorados hacia el esqueleto cuyas blancas fauces se abrían en una horrenda carcajada que acababa por engullirse a la misma Amanda.

Por eso no se extrañó cuando esa mañana, al dar la vuelta a una esquina se topó de buenas a primeras con él.

-¡Fabián!

-¿Amanda?

Sí, era Fabián, los mismos ojos inquietos y brillantes, su misma sonrisa ancha y plena. En vez de uniforme, lucía una chamarra de cuero; con el cigarro en los labios y la botella de tequila en la mano parecía galán de barriada. Pocas palabras cruzaron antes de que él la tomara del brazo y la llevara a un hotel. Ahí, ella fue la primera que habló, le contó como la habían corrido de su casa y había venido a buscarlo, que estaba preñada y cuánto necesitaba de él.

Mientras hablaba, el hombre empezó por acariciar su pierna, provocándole un extraño nerviosismo, luego él introdujo la mano bajo su escote y rozó uno de sus senos, el roce en el pezón fue como si encendiese una corriente a través de su espina dorsal, el olor picante a tabaco y sudor masculino provocaron un hormigueo en su pubis que al instante se llenó de rocío. Haciendo un esfuerzo se atrevió a susurrar:

-Entonces, ¿qué?

-¿Qué de qué? —contestó Fabián empinándose la botella de tequila.

-¿Me vas a cumplir? —Por toda contestación la echó hacia tras sobre el lecho y empezó a besarla en el cuello, en los hombros. Ella sintió el aliento impregnado de alcohol y rechazándolo se incorporó para repetir: -¿Me vas a cumplir?

-¿Tas pendeja o qué? —y terminó su respuesta con una carcajada soez.

Esa actitud desató en ella un odio instantáneo. Se odió a sí misma por ese deseo que le nacía de pronto y sin aviso, y odió esa risa que era una ofensa, un desprecio a todo el sufrimiento que iba cargando, por eso quiso borrarla, convertirla en herida sangrante. Por eso en un impulso rápido, tomó por el cuello la botella de tequila, la estrelló contra el buró y se le fue encima tratando de cortarle la cara. Tras la sorpresa, él intentó esquivar el golpe echándose hacia atrás. Cuando Amanda sintió que el cortante cristal lo había herido, asustada por su osadía, salió corriendo del lugar.

-¿Ya vieron lo que pasó a media cuadra de onde trabajábamos ayer? —Pancho llegó gritando mientras agitaba en la mano el periódico del día. —Ayer, en el hotel. Encontraron degollado a un narcopolicía, lo venían siguiendo desde Nayarit. Aquí está la foto. Se lo echaron con una botella de tequila, le trozaron la yugular. "Misteriosa muerte" dice aquí.

-Esas son cosas entre narcos, siempre se matan entre ellos... -era Dalia la que continuaba la plática y viendo la cara desencajada de Amanda. —Y ora tú... ¿qué te pasa?

Una arcada de líquido amarillo y amargo le subió hasta la garganta y apenas alcanzo a llegar al baño para echarla afuera. Su hermana, que corrió tras ella, alcanzó a detenerla cuando se desvanecía.

El doctor recibió a las hermanas en silencio, tendió a Amanda en un catre destartalado y la tapó con una sábana percudida; luego de cubrir su nariz con una mascarilla le pidió que respirara profundo.

Era un olor extraño, un olor que le golpeó el cerebro y la dejó atontada, pero que fue incapaz de robarle la conciencia, por eso pudo sentir que separaban sus piernas, que unos instrumentos fríos y duros invadían su interior, rasgando sus carnes y mordiendo sus entrañas, por eso no pudo resistir el dolor extremo que le causaban y un aullido profundo se escapó de ese cuerpo frágil y desmadejado, mientras un río de sangre fluía incontenible hasta que perdió el conocimiento.

Cuando despertó, no pudo mover los brazos, sin levantar los párpados llegaban hasta ella imágenes distantes, como en un sueño, escuchaba sus voces, sus rezos, y así inmóvil, se dio cuenta que estaba de pie, sosteniendo en una mano la esfera azul y en la otra la balanza de cobre, mientras los que estaban a sus pies, se inclinaban para besar el borde de su túnica dorada.ca

CONTACTO

Juan Carlos Carvajal Sandoval

José era su nombre. Sujeto fuerte de carácter y templanza, calculador, meticuloso y sigiloso como un ave rapaz. De tórax ancho, hombros erguidos y mirada desafiante, se perfilaba una mente a punto de estallar en un cuerpo inmenso que la oprimía, y un mundo que se había manifestado para él de forma desenfrenada y furiosa.

-Encomiéndate a algún santo, -le dijo su madre una noche mientras cenaban, -veo la muerte en tus ojos.

José no se extrañó, de alguna forma también lo sabía. Cuando se veía a un espejo sentía que contemplaba a un ser que no tenía por completo el aliento de la vida. No le temía a la muerte; por su trabajo más le despertaba pánico vivir. Solo quería quizás, si le llegaba pronto el día de reunirse con sus familiares muertos, que no sufriera como muchas veces él había hecho sufrir.

Después de cenar, en la soledad de su habitación, arrodillado ante un pequeño altar en el que descansaba la figura terrorífica de una calavera vestida con una túnica, José prendió un par de velas.

-Protégeme, Santísima Muerte, con este que te prometo va a ser mi último trabajo, -dijo el hombre con gran fervor.

Parecía confuso; su mente recorría en el tiempo los rostros de todos aquellos a los que les había quitado la vida y sentía un terrible peso en su conciencia como jamás tuvo. Allí, ante aquella efigie de su devoción, se lamentaba al estar pidiendo protección para tan penosa tarea. Sin embargo, en su corazón albergaba la idea de terminar con ese encargo el camino que por azar una vez comenzó a transitar.

José seguía con su mirada los platos que llegaban a la mesa de un lujoso restaurante en donde compartía cierta familia. Un niño, una niña, una mujer y un hombre conversaban acerca del día que tuvieron: la escuela, las tareas, la televisión..., tantas cosas de las que el mismo José hubiera querido hablar, si pudiera tener una familia como esa, de no ser por ese cruel destino que se buscó y que tanto detestaba. Luego, imaginaba los rostros de lo que serían aquellos niños sin su padre, la esposa sin su ser amado, el hogar sin el hombre de la casa y le embargaba una melancolía profunda, una desazón desastrosa de ser aquel que aguardaba como un verdugo para cometer un acto atroz como tantos otros realizados. Antes era mucho más frío, quizás cuando de alguna manera sentía que algo de lo que estaba haciendo estaba bien. Mas allí, sentado a pocas mesas de su víctima, no podía alejar la culpa que le embargaba. Tal vez en ese momento era más humano.

El conductor que acompañaba a José, seguía muy de cerca un

auto azul oscuro en el que viajaban los cuatro miembros de la familia. Había claramente ya decidido como realizaría el acto. En un semáforo, cuando el coche se detuviera, miraría al sujeto a los ojos, quizá le pediría rápidamente disculpas y le dispararía, certero como siempre, en el medio de la frente. Al instante, su compañero apretaría el acelerador y se perderían en la oscuridad de la noche. Parecía el momento oportuno; en efecto, un semáforo de una calle vacía cambiaba y el coche azul se detenía. Había llegado su momento. José dio la señal a su cómplice para que se detuviera a la izquierda del auto y lentamente bajó el vidrio de su puerta. Su victima reía, la familia viajaba feliz. José lo miró a los ojos, pensando unas rápidas palabras que no alcanzó a pronunciar mientras levantaba el arma. El hombre, al parecer, también observó la muerte en los ojos de José, al igual que su madre y hundió a fondo el acelerador, provocando un estruendoso chillido de las llantas que se confundió con el estrepitoso disparo que penetró sórdidamente en el inocente cráneo de la pequeña que viajaba en el asiento de atrás.

José no podía borrar la tragedia de su rostro. La mirada de la chiquilla, quien ni siquiera en el último momento pudo entender qué sucedía, le seguía en su cerebro como punzadas en carne viva. Una profunda pena tan honda le invadía, que no podía pensar ni actuar claramente, ante el acoso de su compañero que le preguntaba qué debían hacer ahora. El auto azul se alejaba.

-Tiene que matarlo -le insistía gritando su cómplice, -debe hacerlo, no importa lo que haya sucedido.

-Hágalo usted -respondió José, -yo ya no puedo, ni quiero.

Luego obligó a detener el auto, se bajó sin decir más palabras y se internó en un oscuro callejón.

Las piernas le temblaban y, por primera vez en mucho tiempo, tenía ganas de llorar. El rostro de la criatura que recién había asesinado no abandonaba su cerebro. Se tumbó con la espalda apoyada en una pared, muy cerca a un contenedor de basura y allí, desconsolado, permaneció un buen rato, impasible, distraído, con la única intención de olvidar. Quería borrar allí, como pudiera, en ese callejón, su terrible pasado manchado de sangrientas acciones que le incriminaban el alma.

La noche le parecía más lúgubre y desafiante que de costumbre, escuchaba en el viento los sonidos guturales de la muerte que le atormentaban. De repente, sintió algo que se movía en uno de sus bolsillos; tenía una llamada en su teléfono celular.

José miró la pantalla; sabía de sobra quien era.

-Aquí José, —dijo con voz temblorosa y entrecortada entre las sombras.

-¿Como va la misión? —preguntaron secamente al otro lado del auricular.

-Terrible señor, se dio de baja a la hija del senador por equivocación y el hombre escapó.

La conversación se cortó abruptamente tras un silencio que le pareció eterno.

José decidió levantarse y volver a su casa. Una fría gota recorría su rostro y su corazón latía abruptamente en su pecho que aún acogía el gélido contacto de su arma de fuego. Pensó en tirar la pistola al contenedor, sin embargo la retuvo, pues era muy probable que su jefe mandara a alguien para cobrar su error. De nuevo pensó en la Santa Muerte con miedo y rogó su protección, prometiéndole que nunca más usaría el arma salvo en caso de ser absolutamente necesario o en defensa de su propia vida. Justo cuando terminó su plegaria, José escuchó claramente una voz casi de ultratumba en su interior que le decía:

-¿Y la niña? ¿Qué haremos respecto a la niña?

José se sentía a punto de desfallecer; luchaba internamente para que su inmenso cuerpo no se derrumbara sobre el andén. Se sentía agobiado, cansado y terriblemente culpable. La voz que había escuchado le parecía tan real, que no podía concebir que fuese solamente producto de su imaginación. Su frente estaba empapada de sudor. Tan sólo quería llegar a su hogar, reunirse con su madre y contarle todo lo que había pasado. Sabía que sería la única que le entendería. Quizá después pensarían donde refugiarse, por miedo a lo que pudiera pasar. Así que, intentando guardar la compostura, pidió un taxi.

En el vehículo José recordaba lo que había escuchado en su mente; tenía una deuda con la Santa Muerte que, al fin y al cabo, le había protegido y él, por otro lado, había enviado a una inocente a reunirse con ella. Al acercarse a su casa, algo en su corazón le decía que las cosas podían empeorar. De repente, le pareció distinguir una sombra frente al portal de su casa y de inmediato temió que su madre pudiera estar en grave peligro. Rápidamente pensó en dos opciones, la primera, bajar rápidamente del auto y descargar su arma al presunto enemigo, o pedir al conductor que sonara la bocina antes de llegar para que el sujeto probablemente se espantara y huyera, de forma tal que evitaría derramar más sangre. Se decidió por la segunda.

Las luces del vehículo se proyectaron sobre la sombra de la puerta, quien giró su cabeza para mirar directamente a los ojos a José. Quizás el conductor no lo notó, tal vez fuese que José estaba al borde de la locura; el hecho es que vio en la oscura figura el rostro de la muerte. De inmediato vino a su mente otro claro pensamiento, contundente, igual al que escuchó en el callejón:

-Buena elección, de haber elegido sacar tu arma de nuevo, la próxima que moriría sería tu madre.

José vio la sombra desaparecer en la espesura de la noche que le abrazaba con un gélido aliento, bajó apresurado del auto y corrió a su casa pensando en su mamá. Abrió presuroso la puerta, y corrió hacia la habitación de su progenitora. Estaban las luces apagadas y vio el cuerpo envuelto en las sábanas. Por un momento vino a su mente la idea que aquella criatura hubiera cobrado lo que más quería por cuenta de la niña, pero le volvió el alma al cuerpo cuando escuchó la respiración de la anciana.

-¿Qué pasa?, preguntó ella, -¿por qué vienes tan agitado?

Él se abalanzó y le abrazó amorosamente.

-Perdóname madre, he hecho algo muy malo.

Ella acercó su arrugada mano al amplio pecho de José buscando su corazón para consolarle, cuando sintió una extraña sensación al contacto con el arma enfundada. José la miró y se dio cuenta que ella al parecer entendía qué había sucedido.

-Te prometo que esta pistola jamás será de nuevo disparada.

-Así lo creo, hijo, —respondió la anciana-, la Santa Muerte me lo acaba de decir.∞

GRAND FUNK

Iván Medina Castro

> El mal para serlo en pureza, debe ser gratuito e inmotivado.
> Georges Bataille

Mi nombre es Antonio Castro pero en el barrio me conocen como el "Grand Funk". Vivo en la Colonia Ferrocarril, tan cerca de la estación del tren panamericano que a cada marcha de los vagones toda la unidad habitacional vibra como si se fuese a desmoronar. Tengo cuatro hermanos y soy el antepenúltimo de ellos; existen algunos bastardos más pero esos valen para pura verga. El primogénito ha caído, por lo tanto, ahora me toca cargar con el *business*, el chante y la jefa.

Agobiado por una pesadilla que tuve la noche anterior en donde la Santísima me hacía intuir el tasajeo de mi carnal, aterrorizado así fue como lo constaté cuando mi jefa al terminar de ver su telenovela, se escuchó en el noticiero sobre el hallazgo de un cuerpo sin vida, tendido sobre un charco de sangre en la ribera del río Suchiate sin portar ningún documento de identidad, pero como única seña de filiación, se hacía destacar en el dorso un tatuaje con la imagen de la Santa Muerte, aparte de portar un medallón con una rosa blanca. Mi jefa ignoró lo dicho por el locutor, ya estamos acostumbrados a oír eso: muertos; se huele, se palpa y se siente en el ambiente. Además, ella estaba tan ocupada parchando los pantalones de los chamacos que ni cuenta se dio. Pero yo ya lo sabía, aquí la huesuda viaja más rápido que la información, apenas ayer por la tarde unos batos me avisaron sobre unos tipos que estaban cazando a mi carnal para quebrárselo. Fue imposible ponerlo al tiro, lo busqué en los prostíbulos de la Peña y de la Charca, con los corredores de crack y pastas en Tarasquillo y nadie me dio razón de él. Su valedor, Chito, mencionó: "quizá esté ayudando a cruzar el Suchiate a algunos salvatruchas u hondureños". Lo ignoré totalmente. Volví al chante y frente al altar de la Niña Blanca ofrendé un lío de mota y una botella de mezcal blanco con gusano, como a ella le gusta. Acto seguido oré con incienso y alcohol: "Divina Majestad de mi adoración, no desampares de tu protección a la carne de mi carne. Muerte querida de mi corazón, si no puedes tú nadie más podrá. Amén".

Al día siguiente de enterarme del infeliz acontecimiento, conecté al director de la judicial, Comandante Pavón Reyes, pues aquí no se trata de competir con la autoridad, sino de utilizarla. Le corrí un kilo de coca y sin rodeos pregunté sobre mi carnal. Ese culero, directo también respondió: "la policía migratoria lo encontró en los desagües; cerca del río, ensartado trece veces con un machete".

Regresé contrariado al chante y transmití la desgracia a la jefa. Casi se me pela allí, se soltó en lágrimas y a partir de ahí deambuló enloquecida por unos días dentro de la casa. Muchas noches la sorprendí recorriendo el pasillo pausadamente y hablando sola, después, transcurridos algunos minutos se postraba en el suelo frente al sagrario de la Poderosa Señora y aferrada a la larga túnica negra de su vestimenta, parecía como si le recriminara lo sucedido, pues de su vacilante garganta decía en voz alta: "¡Vivíamos en paz madrecita!, ¡Vivíamos en paz Virgen Santa!". Eso eran puras mentiras, cuando él estaba con nosotros cualquier ruido nos provocaba sobresaltos, hasta el sonido del reloj al anunciar cada hora, por eso mi jefa lo echó de la casa.

Pronto pasaron las semanas y nadie fue a reclamar el cadáver, ni siquiera su pinche vieja; la más puta de las mujeres. En el fondo la comprendo, de pendejo uno lo hace, vas a la procuraduría y ya no te sueltan sin antes aflojar una lana, o allí mismo te dan cayo. Así son las cosas aquí en Talismán.

Por la noche, observando la túnica bordada en oro de la Santa Muerte, caí en cuenta, si no le entraba rápido al business, pronto no tendríamos ni un centavo ni donde dormir. Busqué a los valedores de mi carnal para reagrupar a la clica, pero Chito me dijo: "el business ha sido tomado por el cabecilla de los MS-13". En ese momento fue cuando supe quiénes se lo habían chingado. Me entró una furia inmensa saber que los maras estaban involucrados. Están pero bien pendejos si creen que aquí en Talismán pueden hacer lo mismo que en Los Ángeles.

Súbitamente recordé cuando la banda de mi carnal había sacado a varios de sus familiares de aquellos países jodidos sin cobrarles nada. Tenía que barrer a esos cabrones si quería recuperar el territorio.

Miles de pensamientos giraban por mi mente hasta hacerme marear, no me explicaba cómo se había dejado matar mi carnal; él siempre estaba armado y al asecho. Inesperadamente me invadió el miedo, y cuando eso pasa respiro con dificultad; muy lento. Nunca había matado, pero no me quedaba otra; eran ellos o nosotros.

En el chante realicé mi acostumbrada plegaria a la Flaquita pero esta vez pedí consejo: "Muerte Poderosa y Gloriosa, te imploro me concedas los favores que te pida y alimentes mis deseos de venganza madre querida, hasta el último día, hora y momento. Te prometo que nunca te faltará tu alcoholito. Amén". A la mañana siguiente, de brumosos recuerdos, nacía en mi pensamiento una idea. Junté a la clica y ordené se difundiera por los vecindarios que daríamos 500 dólares por cada cabeza cercenada de los MS-13. La tira me preocupaba, pero Chito comentó: "no habrá pedo con ello, la chota en estos asuntos no se mete, esos güeyes están comprados, y el que se ponga bonito pues lo picamos y ya".

El plan estaba dando resultados y a diario rodaban cabezas, pero aún faltaba el líder y un puñado de seguidores. Por mi parte, ávido de contar sus horas, hasta adelantaba las manecillas del reloj. En ocasiones, cuando hacía eso, me sentía estúpido pero no podía evitar hacerlo.

Un domingo por la mañana me dieron el pitazo. Encontraría a los mareros en el mercado central, reuní a la clica y nos fuimos para allá. Una vez allí, oculté a mis camaradas entre los costales de yute y yo me tendí sobre un petate bajo el sol a aguardar a que su tiempo y el mío convergieran en un mismo punto. De repente, unos chiflidos nos advirtieron de su llegada, imprevistamente estaba de frente al líder y de trece de sus seguidores; sus miradas parecían de hielo. El temor me invadió y el asma inmediatamente se hizo presente, sin embargo, me sobrepuse al acariciar la cacha de la escuadra que portaba escondida en la cintura. Confiado, me aproximé a pocos metros de distancia con la seguridad de que mis camaradas seguirían con la mirilla de los cuernos de chivo cada movimiento que ellos daban. Aún así, mi corazón se aceleraba cada vez más. Escudriñé el espacio y listo a la reacción, de inmediato grité: "Hijo de la chingada, la muerte tiene su precio y ahora pagarás con tu sangre". Aquellos ojetes, listos para sacar sus fuscas fueron sorprendidos por mis brothers. Tras una señal acordada, cinco de mis camaradas los desarmaron, posteriormente, empuñando varas metálicas les acomodamos una buena madriza, mientras tanto, los marchantes corrían despavoridos tirando sus viandas hasta vaciar por completo el lugar. Mandé hincar a los catorce hombres en una línea horizontal, una vez listos, tomé de las greñas al jefe y a quemarropa le descargué una bala en la cabeza; el despojo cayó junto de mí y le escupí, a los otros, como escarmiento y ejemplo para los barrios que renieguen a la clica del Grand Funk; con una masa de hierro hirviente que obtuve de las brasas en donde de un caldero se freía chicharrón, cegué los ojos inyectados de terror, menos a uno, el tuerto afortunado que guiaría a cada una de esas mierdas con sus seres queridos. Al principio, sostuve el fierro aparentemente firme, pero inseguro aún, atravesé la cuenca tan rápido que la sangre me salpicó en el rostro. Sentí una arcada, pero proseguí, su lamento se hizo incitador.

Al fin, satisfecho, me quedé ahí mirándolos por largo tiempo, me sentía feliz. Talismán volvía ser de la familia y mi carnal estaba vengado, pues en este terreno simplemente se arrebata lo que se quiere. Cuando retorné al barrio, el ferrocarril apenas iniciaba su marcha, entré al chante cargando tablillas de chocolate, pan integral, un pomo de mezcal y un ramo de rosas blancas, todo se lo brindé a la Santa Muerte por su ayuda y para que en el futuro trajera a mi vida paz y tranquilidad. ଔ

CARICIA DE AMOR

Héctor Luciano Pérez García

No es cierto, como se ha dicho siempre, que la muerte provoque horror. Eso lo han inventado sacerdotes de religiones que pretenden negar que la muerte sea parte de la vida. Y que niegan lo más evidente, lo que por fin tantos creyentes en otra santidad aceptamos y veneramos: la muerte puede ser, además, amor. Por eso cuando al barrio de Tepito de la ciudad de México (ciudad también llamada Mexicópolis) llegó la Santa Muerte, los corazones se llenaron de alegría y los milagros se dieron por todas partes, gracias a esa Señora tan querida.

Y fue en Tepito donde se dio a conocer ella, en su recinto de adoración en la calle de Alfarería, a dos cuadras de donde yo vivo, donde por años hemos acudido a adorarla no sólo los residentes del barrio, sino gente que viene de muchos lugares de México y de otros países y nunca hemos visto nada de horrible en su rostro de esqueleto y en su guadaña mortal. Todo lo contrario, se nos llena el ánimo de amor tan sólo de verla. Y sólo a ella se le puede tener confianza para pedirle un destino. Y me lo concedió a mí, y por eso la amo tanto y le coloco cada semana una hermosa y deliciosa manzana en su mano derecha.

Trabajaba yo en una oficina de eventos culturales, ubicada en el fin del mundo, en San Fernando, Tlalpan, donde antes hubo un leprosario. Hasta allá nos llevó una nueva jefa, a quien se le conocía como la Bruja del planeta Karina. De inmediato nos impuso su autoritarismo, nos congeló el salario, nos obligó a trabajar hasta las once de la noche, a veces también sábados y domingos (sin pagarnos más); trajo su propia corte de lacayos, que nos presionaban a gritos para que obedeciéramos, o de otra manera el despido era inmediato.

Traía la Bruja un programa que llevaría la cultura a los enfermos de los hospitales públicos. En su propaganda se establecía, bajo el lema "Caricia de Amor", que la oficina enviaría grupos de payasos, magos, titiriteros, acróbatas, a darles felicidad a las personas enfermas, para que no estuvieran sin una sonrisa en los difíciles momentos por los que estaban pasando. El programa parecía bien, pero lo raro fue que nunca como entonces hubo tantos muertos en los hospitales. Por alguna extraña razón, la risa del payaso, la mueca del títere, el truco del mago, el salto del acróbata, provocaban el fallecimiento del enfermo a los pocos días. Es decir, que el verdadero plan de la Bruja consistía en matar a la gente y de mala manera, pues se dijo que sufrían mucho los enfermos mientras más se carcajeaba el payaso o más conejos hacía aparecer de su sombrero el mago.

Pero eso no le bastó, sino que decidió que también los empleados teníamos que compartir el mismo destino de los internos de los hospitales. Incrementó aún más la presión en el trabajo, para que el stress hiciera mella en nuestros organismos, y lo fue logrando: comenzamos a enfermarnos, y muchos no tardaron en llegar al hospital para recibir ahí la caricia de amor por parte de los grupos del circo.

Dónde quedaba el planeta Karina del cual procedía la Bruja, no lo sé. Pero era seguro que se trataba de un lugar maléfico. Uno a uno fue acabando con nosotros, los regaños eran constantes, así como los despidos, de tal manera que el terror se extendió entre los empleados. Y por fin llegó mi turno, a propósito de unas fotografías que nunca fueron tomadas y que la jefa quería que cuanto antes le entregase a como diera lugar; como era de esperarse, como bien supe que ocurriría, me despidió. En ese instante tan dramático de mi vida sólo podía acudir a quien yo ya amaba desde tiempo atrás, pues todos los domingos (cuando no tenía que ir al maldito trabajo, en el que ya no me sentía a gusto), camino del mercado de Tepito pasaba a saludar a mi señora, la Santa Muerte. Así que fui con ella, le conté lo de la Bruja y en sus ojos sin ojos vi una luz que me dijo que aceptaba ayudarme.

Mi vida cambió, encontré un empleo mejor que el que tenía, donde no sólo se paga bien y se trata bien, sino que no es necesario quedarse hasta la madrugada por el capricho de una bruja. ¿Y qué pasó con ésta? A los pocos meses de que me echó fue destituida de su cargo, al parecer por malos manejos financieros, pues no quedaba claro adónde iban a dar tantos recursos que se le entregaban, además de que no les pagaba tanto a la gente del circo, a menos que fueran sus amigos personales. Incluso mandó imprimir un costoso libro donde se alababan sin fin sus hechos a favor de los enfermos, a quienes la "caricia de amor" los mataba. La Santa Muerte influyó para que se fuera, pues ella misma estaba ya harta de tantas fechorías por parte de la Bruja. Y a ésta se le fue deformando la cara, pues el espectro de algún leproso muerto hace cien años en ese lugar de Tlalpan donde estaba la oficina se apoderó de su rostro. Ya nadie la reconocía, pero iba gritando por todos lados que lo único que siempre había querido era llevarle caricias de amor a todo el mundo.

Y entonces una noche en que lloraba por su alto puesto perdido, donde se había subido el sueldo varias veces, llena de medicinas su mesa, algo le pasó que al otro día no le encontraron la cabeza. La guadaña de la Santa Muerte se la había cortado sin remordimiento. Yo no supe de esto sino mucho tiempo después. Sólo sé que esa misma noche en que la Bruja del planeta Karina perdió para siempre la cabeza, se fue la luz en mi departamento tepitense, y en las calles de afuera. Todo se sumergió en las tinieblas, pero recordé que siempre había cerillos en el mueble donde estaba colocada la imagen toda negra de la Santa Muerte, pues le encendía su vela en días determinados. Y entonces, sin ver yo absolutamente nada, sentí que una mano esquelética acariciaba la mía mientras buscaba en el mueble mencionado los cerillos. Me sentí lleno de mucho amor, y me dio mucha alegría, aún sin saber que se había hecho justicia. Pero esto ya no importaba tanto, sino que me di cuenta de que la Santa Muerte, con esa caricia suya, confirmaba que le había dado sentido a mi vida al haberme salvado en medio de tanta devastación provocada por la Bruja. Cuando las cosas van peor que nunca, la Santa Muerte nos da la solución si se la pedimos, y en algún lugar cae su guadañazo, y después nos otorga su caricia de amor, la verdadera. ❧

LA MADRE ADOPTIVA

Juana Romero Medina

Los días corrían sin novedad, sin contratiempos en esa vieja casa que recién habíamos rentado. Veníamos de otro estado de la república a tratar de rehacer nuestras vidas, lastimadas por la incomprensión, la violencia, y el alcoholismo que tantos hogares destroza. Teníamos la esperanza de una vida mejor, sobre todo tranquilidad, paz y tratar de solucionar nuestras carencias económicas (que eran muchas), puesto que mis hijos y yo salimos de nuestra casa solo con lo que traíamos puesto y unos cuantos pesos que a lo largo de varios meses pude ahorrar.

La ilusión era grande, dadas las circunstancias de nuestras vidas. Por lo menos estaríamos tranquilos, sin ataques verbales y, en ocasiones, físicos. Así que un nuevo horizonte se nos presentaba en esa modesta casa ya gastada por el tiempo y el abandono. Según nos dijeron estaba vacía desde hacía años, sin que nadie la habitara, pero nadie se atrevía a mencionar el motivo de eso. Gracias a Dios pude colocarme el primer día que salí a buscar empleo. Tan feliz estaba que me quedé en mi nuevo trabajo sin avisar a mis hijos, puesto que ellos estaban en la escuela (que también por fortuna pudimos encontrar dispuesta a recibirlos). ¿Qué más podíamos pedir? Mi rutina era enviarlos a la escuela y después ir a trabajar, a medio día ya los encontraba en casa, comíamos juntos felices, tranquilos, siempre agradeciendo a Dios su misericordia para con nosotros.

Estaba escrito que nuestra tranquilidad duraría poco, ya que a los dos meses empezaron a ocurrir cosas extrañas en casa. Después de comer debía regresar al trabajo y dejaba a mis hijos solos por tres o cuatro horas en las cuales, después de sus tareas, se dedicaba a ver televisión. Por lo regular los encontraba ya dormidos, pero una noche los encontré despiertos, inquietos. Más que inquietos los noté asustados, cosa que me extrañó puesto que eran unos chicos muy serenos y demasiado maduros para su edad. Me dijeron haber escuchado ruidos extraños en la cocina, les dije que tal vez se estaban quedando dormidos y soñarían, puesto que nunca habían sucedido cosas extrañas, por lo menos yo nunca había escuchado o visto algo, ya que por las noches pasaba varias horas en vela, era obvio y muy normal que, aunque vivíamos tranquilos, extrañara a mi esposo. Pensaba en los momentos que habían sido lindos, pues si bien es cierto que nuestra relación vino a menos, no siempre fue así, ya que cuando él se lo proponía era un buen hombre y yo lo amaba, pero el alcohol lo transformaba. Ese fue el motivo mayor que me hizo escapar de nuestra casa, poner a salvo la integridad física y moral de mis niños. Por supuesto que nunca pensé que algún contratiempo de ninguna índole podría afectarnos, era tan grande la ilusión de nueva vida que nada podría alterarla, así que les hice saber que no era nada, que tal vez solo había sido un sueño el que escucharan ruidos extraños y eso no volvería a ocurrir, duerman, les dije, que yo estoy para cuidarlos. Se durmieron confiados, era una delicia ver sus caritas, su sueño y su respirar acompasado y tranquilo, eso me llenó de ternura y de agradecimiento a Dios y a la vida por habérmelos dado por hijos, sin duda eran mi razón de vivir y de luchar. Estaba pensando en eso cuando escuché algo extraño en la cocina, que no estaba lejos de mi habitación, reitero, era una casa pequeña. Mis hijos se habían quedado dormidos en mi cama, no los quise mandar a la recámara que entre ellos compartían, para que se sintieran protegidos por mí, pues en el fondo también me dio un poco de intranquilidad mandarlos a sus camas, así que decidí se quedaran a dormir conmigo. El ruido que escuché se repitió por dos veces, en intervalos de aproximadamente 20 minutos. Cuando fue la segunda vez, con algo de miedo me asomé a la cocina, todo estaba en orden, no había por qué alarmarse, pero al regresar a mi habitación vi una figura alta, con ropas blancas, que atravesó por la puerta en el pequeño pasillo que dividía la recámara con la cocina, y al salir de ésta escuché una voz de niño que dijo dulce, pero tristemente, "¡mamá, mamá!" Sentí que un gran escalofrío invadió mi espalda, lo extraño es que no me provocó miedo, sólo la sensación extraña de ese frío que me abrazó. Me acerqué a mis hijos, los abracé con ternura y me quedé dormida con ellos pidiendo a Dios no fueran a sentir algún día lo mismo que sentí. Ya habían pasado unas horas cuando algo me hizo despertar. Abrí los ojos, miré algo que me dejó muda un momento, pues mi intención primera fue gritar, no sé si fue asombro o temor, y es que al dirigir la mirada a la cocina, estaba un pequeño como de tres años en brazos de la mujer de ropas blancas que había visto con anterioridad, fue cuestión de segundos, pero la imagen fue muy emotiva, nunca vi el rostro de la mujer, solo noté que era alta y envuelta en una halo de misterio. Me quedó la impresión de que algo quería decir, pues de pronto se puso de pie y dejó al niño en el piso, volteó hacia mí, pero al instante los dos desaparecieron.

Claro que ya no pude dormir, oré tanto a Dios pidiendo no fueran mis hijos a ver lo mismo que yo había visto y deposité toda mi fe en él. Al día siguiente me fui intranquila al trabajo, pensando que al regresar a casa los niños pudieran tener una desagradable sorpresa. Por unos días todo fue tranquilidad, llegaba por las noches y los encontraba dormidos. Todo parecía haber sido un sueño. Pero a unas cuantas semanas, cuando ya mis hijos habían olvidado el percance, tuvimos una visita, llegó una señora a preguntarnos si habíamos visto o escuchado algo extraño, por lo cual le platiqué lo ocurrido, ella solo sonrió y me dijo:

-¿Ya le han contado que aquí veneraban a La Santa Muerte?

-¿Qué esta diciendo señora, eso no puede ser verdad, como lo sabe?

-Hace algunos años, mi hija vivió aquí, ella tenía amistades poco convenientes, en una de esas "relaciones ocasionales" procreó un hijo, el cual llegó sin haberlo deseado, motivo por el cual no fue querido por ella, mucho menos por el padre que se desobligó por completo de la manutención de la criatura y de todo lo que a el se refería. Vivíamos en otra ciudad y nunca me di cuenta de la existencia del niño, mi esposo y yo mandábamos dinero para los estudios de mi hija, sin saber que ella había tomado otro camino, nunca nos dimos cuenta, estábamos tan inmersos en nuestro negocio, trabajábamos muy duro para sostener sus estudios, siempre confiamos en ella pero nos defraudó, tenía buen cuidado de ocultarlo todo. Llegó a nuestros oídos que esta casa, que con sacrificios pagábamos, era ocupada por más jóvenes, aquí se celebraron cosas o rituales extraños, los vecinos murmuraban, y esas murmuraciones por fin llegaron a nosotros. Decidimos llegar por sorpresa a esta casa, y constatamos lo que tanto se decía. Solo que ellos lo que hacían era venerar a La Santa Muerte, cosa que no fue de nuestro agrado, aunque mucho nos dijeron que no era malo, que esos ritos o creencias datan desde tiempos pasados, de culturas nuestras y de otros países, que La Santa Muerte es una deidad divina. Incluso tenían un hermoso altar y varias vestimentas dispuestas para cada día especial de veneración. Nosotros no supimos como tomarlo, nos impactó por nuestra ignorancia al respecto, no podíamos aceptar tal cosa, ya que para nosotros la máxima deidad divina es Dios. ¿Usted ha visto a un niño aquí en esta casa, verdad?

Respondí que sí con todo mi asombro y angustia, pues intuí algo malo.

-Ha de saber, señora, que ese niño es mi nieto, quedó por siempre en esta casa, aunque sus restos están en el cementerio, y es que mi hija dejaba al niño solo, se le hacía fácil salir con sus amistades a divertirse unas horas y dejar dormido al niño. Antes de irse le encomendaba a La Santa Muerte el cuidado de su hijito, y ese día salió para nunca volver. Tuvieron un terrible accidente y murieron todos los ocupantes del auto en que iban, eran cinco jóvenes. Quedaron calcinados, irreconocibles, de modo que el niño quedó solo durante dos meses en esta casa, y como los vecinos nunca escucharon llantos de él... ningún lamento o cosa extraña, supusieron que todos se habían ido de viaje. Claro que la dueña de esta casa no podía quedarse de brazos cruzados si no se le pagaba la renta. Nos localizó para informarnos que venía a cobrar y nunca nadie le abría, nosotros mandábamos el dinero y nunca se nos regresó, no sabíamos qué pasaba, decidimos venir con la dueña y cual fue nuestra sorpresa al ver al pie del altar de La Santa Muerte a mi nieto, ahí, como dormidito, sin ninguna señal de descomposición en su cuerpecito. Parecía estar vivo ¡pero estaba muerto!, arropado en una sábana blanca, era un angelito. Trajimos a un sacerdote para que nos explicara esto que no podíamos creer, ya que los vecinos nos comentaron que hacía mucho no veían movimiento en esta casa. Verdad o mentira el hecho es que La Santa Muerte ha sido quien cuidó a mi nieto, y lo sigue cuidando hasta ahora. Dígame, por favor, ¿usted los ha visto?

-¡Sí! También lo escuché llamando a su madre y no me dio miedo, mis hijos sólo han sentido su presencia, pero yo lo vi en brazos de una mujer a la cual no pude verle el rostro, sólo que era muy alta y con ropas blancas, creo que era La Santa Muerte, la madre adoptiva de su nieto.

-¡Entonces es a ella a quien llama! Cuando nosotros llegamos a buscar a mi hija estaba vestida así, como usted la describe, es ella, La Santa Muerte que sigue viviendo aquí, eternamente al cuidado de mi nieto. La señora se despidió y me quedé con una sensación extraña, pero cuestionando, ¿vale la pena seguir en esta casa? Aunque, ¿qué podíamos hacer? No contábamos con dinero para pensar en mudarnos a otra casa. Decidí esperar y rogar a Dios nos guardara de una impresión mayor, así que rogué con mucha fe y pedí también a Ella.

Durante algunas noches se escuchaban las risas del niño como si estuviera jugando, pero les comentaba a mis hijos que era un hijo de algún vecino, había que tomar en cuenta que no éramos los únicos que habitábamos en esa cuadra. Lo que hice fue traer a un sacerdote a orar y con agua bendita tratar de purificar y bendecir la casa, y en algo ayudó, pues por lo menos nos dio confianza y no lo tomábamos con terror.

No me explico por qué duramos tantos años en esa casa, ya que los pocos inquilinos que la rentaron a las primeras semanas se fueron. Tal vez mis súplicas surtieron efecto, La Santa Muerte comprendió nuestra situación, además jamás sentimos que alguien nos quisiera hacer daño, vivimos tranquilos hasta que Dios nos dio licencia de comprar nuestra propia casa. Aunque de vez en cuando llegaba a ver a la señora con el niño, abrazados amorosamente y escuchar su hermosa vocecita decir: "¡¡¡Mamá... mamá.!!!"

DE NUEVO EN CASA

Odesa Santa Cruz

Cuando estoy abrumada no salgo a pasear, ni a recorrer las tiendas, ni a la 'disco'.

Sólo me llego hasta el Altar de Tepito. De allí salgo nueva.

Catedral de San Cristóbal de La Habana. Año 1994.

Esa mañana llegué hasta La Catedral a oír misa. Esta iglesia me gusta mucho.

Primero me paré afuera y disfruté su arquitectura. Su estilo barroco me fascina.

Bueno, finalmente entré a la Catedral. Era temprano y la misa no había comenzado. Me arrodillé y "salí del mundo". Clamé a Dios para que me oyera y parece que así fue. Además de la salud para mí y para mi familia, pedí bienestar para mis amigos, y también -aunque espontáneamente no me nace-, rogué porque Dios "aclarara" las mentes de esas personas malas, que hacen daño así, de gratis..., y que les hiciera enrumbar hacia otros caminos de luz.

También le pedí a Dios unos zapatos nuevos, pues los que tenía puestos eran los mejores con que contaba, y ya tenían un hueco en la suela. (Dicen que a Dios no se le piden cosas materiales, pero yo sí le pedí mi par de zapatos).

Salí de la iglesia reconfortada, con la certeza de que algo grande me ocurriría.

Hospital del Barrio de Tepito. Año 2004.

Parece que va oscureciendo. Yo, casi sin rozar el suelo, me acerco a la entrada ancha y oscura. Quiero detenerme, pero hay una fuerza mayor que me atrae hacia el interior de aquel túnel oscuro. Al final se divisa una luz blanca. Debo llegar hasta allá, pero el tramo es interminable. Casi no tengo fuerzas para continuar avanzando. Camino..., camino... Parece que tengo sueño pero no debo dormirme. Debo alcanzar esa luz brillante que me atrae. En mi obsesión por llegar al final, estiro mis brazos hacia el frente: No llego a alcanzarla. Ahora siento calor.

¿Será que estoy llegando al Infierno? ¿Qué he hecho, Dios mío, para merecerlo?

Continúo en mi lucha por llegar hasta el final del túnel. De pronto, voy escuchando un murmullo. Son frases incoherentes.

¿De qué hablarán? Me voy acercando más y más, pero todo continúa en la nebulosa de la incomprensión. ¿Estarán hablando en otro idioma que no conozco? Parece la Torre de Babel.

Verano de 1995: Malecón de La Habana.

En estos días hay carnavales. Era medio día y aunque el Sol rajaba las piedras, me senté en un tramo libre del muro del malecón, donde no había gradas, cerca de la confluencia de las Calles 23 e Infanta, por donde está la cascada. Me gusta sentarme allí y divisar La Rampa a todo lo largo y ancho de su extensión.

Ese día me sentía triste. Hacía justamente un año, allí mismo, había conocido a Manuel, un chaparrito que andaba de tránsito por La Habana.

Enseguida simpatizamos, pero él fue claro conmigo:

-Yo tengo mi novia allá en Zacatecas. Sé que aquí es fácil encontrar una chica linda como tú, pero yo no vine a eso.

Cuando me dijo así, no sabía qué responderle. Conozco la fama que tenemos las cubanas en el extranjero. Por eso me subió un vapor a la cara, que supongo él haya notado.

En eso pasó un bici-taxi, con una música estridente, a todo lo que daban las bocinas:

"Pero qué bonito y sabroso
bailan el mambo las mexicanas,
mueven la cintura y los hombro'
igualito que las cubanas...".

Nos miramos, y sin poderlo evitar, lanzamos una estruendosa carcajada. Después, él agregó:

-Casi todos los países latinoamericanos se parecen: Generalmente padecen los mismos problemas, disfrutan los mismos juegos, bailan la misma música.

Luego de un rato de silencio, y ya un poco más condescendiente, me dijo:

-¿No te molesta si te llamo Lupe, como nuestra Virgencita?

Le contesté que no me llamaba así, pero me daba igual que me "rebautizara". De todas formas, cuando él se fuera yo recuperaría mi nombre. Desde ese instante comenzó a llamarme Lupe, o Lupita.

Bueno..., continuamos conversando. Me invitó a tomar algo en el "Bim Bom".

Después, llegamos hasta el Cine Yara, frente a Coppelia. Ponían una película norteamericana que ninguno de los dos habíamos visto. Entramos a verla.

Cuando salimos, me invitó a tomar helado. La cola era inmensa. Me miró socarronamente y me dijo:

-Despreocúpate, que no vas a tener que hacer esa cola; vamos arriba, donde venden el helado por divisa.

Suspiré tranquila. (No faltara más: ¡Que un extranjero me invitara a tomar helado, y tuviera que "empujarme" esa cola tan larga!). Además, -aunque me exponía a que me tildaran de "jinetera"-, como él no parecía mucho extranjero (por lo menos callado), no me preocupaba andar con él, pues no me pedirían el carné de identidad. Él parecía un "cubaniche" más.

Así las cosas, tomamos el helado y después me acompañó a coger un taxi. Él se iría al otro día, temprano en la mañana. Antes de despedirnos intercambiamos direcciones, teléfonos, etc. Nos abrazamos fuertemente.

Eso fue todo. En el transcurso del año jamás recibí una llamada, ni una carta, nada de él. Esa historia fue "Lo que el viento se llevó".

Reencuentro: 1995.

Sentada en el malecón, yo andaba absorta en mis pensamientos. De pronto, un grupo de jóvenes de la ELAM (Escuela Latinoamericana de Medicina), casi me viene encima:

-Buenas, ¿usted se llama Lupe?, preguntaron al unísono.

Miré asombrada, y respondí negativamente.

Entonces el grupo se dispersó y de en medio de ellos, apareció Manuel, igualito que el año anterior.

-¿Así que usted no se llama Lupe, eh?

No puedo describir lo que sentí. El corazón me latía fuertemente. Quedé muda. Ahí estaba él, con una sonrisa amplia, esperando que yo dijera algo. Sólo atiné a decir:

-¡Ay..., es que ha pasado tanto tiempo, que ya olvidé mi segundo nombre!

Lanzamos una carcajada y nos abrazamos fuertemente. Me dijo:

-Yo le dije a los 'compas' que te encontraría por aquí. 'Las viejas' (me dijo señalando a las muchachas), me aseguraban que seguro ya te habías casado con un extranjero y no vivías en Cuba. Pero yo sabía que te encontraría.

Dos meses más tarde nos casamos en "La Maison" y me fui a vivir a Ciudad México.

En el Barrio de Tepito: 2004.

Ese día era sábado. Yo había ido al Mercado de Tepito. Manuel y yo cumplíamos diez años de habernos conocido. Yo quería preparar una comida especial: Sabrosas sopas (pozoles), unos buenos rollitos de tortilla mexicana, algún guisado, o algo así, y comprar salsa picante, pues tanto la roja como la verde se habían terminado. Además, quería conseguirle algún regalo a "Mano".

Salí temprano. Me había prometido pasar por el altar de la Santa Muerte en Tepito, a agradecer por esos diez años de felicidad inmensa.

Dejé a los niños en casa de mi cuñada y fui a tomar el camión que va para el Barrio de Tepito. En la parada cambié de idea: Iría después con Manuel, ya que él estaba ocupado en la mañana y no podía acompañarme hasta más tarde.

Llegué al inmenso Mercado de Tepito y recorrí varias tarimas. Cuando conseguí todo lo que buscaba, ya era cerca de la 1:00 de la tarde. Me apresuré. Quería llegar a la casa, antes de que "Mano" saliera de nuevo.

Al salir del mercado, vi que en el semáforo estaba la amarilla. Creí que me daría tiempo de cruzar. Salí desprendida, y en medio de la calle... ¡Zas! Un estruendo, y yo que caí al suelo. Sólo recuerdo que los dos paquetes que llevaba en las manos, se desparramaron y yo caí como en un precipicio.

La Santa Muerte es milagrosa: Hay que cumplirle.

Ya estoy de nuevo en casa. Salí del hospital. Por suerte, escapé de ésta. Me parece que ahora amo más la vida.

Cuando llegué a casa, los vecinos me esperaban muy alegres. Doña Caruca me trajo un amuleto de la Santa Muerte. Me dijo:

-Póntelo, que ella te protegerá.

Después, me tomaron de la mano y me llevaron hasta una esquina del comedor.

Allí, vestida con una túnica blanca, estaba "La Bonita", de más de medio metro de alto, con todos sus atributos y muchas flores, tabacos (o puros) y velas a su alrededor.

Mano es "creyente a su manera". Dice que aunque no le gustan esos tipos de cultos religiosos, ante la desesperación e impotencia que sintió con mi accidente, accedió a que los vecinos montaran el Altar de la Santa Muerte en casa. Lo importante era que me ayudara a sobrevivir.

Desde ese momento, conservo mi altarcito y –recordando las ceremonias y mitos de mi país-, también me he convertido en una devota más de La Santa y -aunque ni siquiera fumo-, de cuando en cuando le echo su humito de tabaco y converso con ella.

HISTORIA DETRÁS DE UNA NOTA PERIODÍSTICA

Luis Antonio Rivera Rangel

Chale, carnal. La neta no sabía que tú también le rezaras acá a la Jefa, pero pues eres del barrio y pues sí, ni modo que no lo hubiera pensado antes; y es que como siempre la banda te ve con tus zapatos bien boleaditos, todo relamido y con ropa de oficina, te ves de a *báilame, mi rey*, y pues quieras o no, uno no es adivino. Fíjate que desde que me acuerdo tengo a mi Jefecita presente. Desde chavito ya veía los altares en el centro, por donde trabajaba con mis jefes y mis carnalas. Estaban bien chidos: siempre con su toque, con sus tabaquitos y unos dulcecitos para que acá, estuviera de poca. Pero pues yo creo que es normal eso de no hablar con cualquiera de la Jefa ¿No crees, carnal? Sí. Pues ni modo que qué, uno no anda cantando en todos lados sus ondas. Uno nomás se lo guarda para sí solito y ya, tan tan. Yo también procuro ir cada sábado allá a la Meche para llevar mi ofrenda y escuchar misa. Hay que ser agradecido con la Jefa.

Déjame ir por otra vironga. Son más de las cinco y ya hace sed. ¿Tú no tienes sed, carnal? Pero pues te decía: fíjate que mi Santa me cuida bien y nunca he tenido necesidad de hacer una manda ni nada. Pero a un cuate del barrio, sí le tocó que le hicieran el milagrito. Se dice el pecado, pero no el pecador, pues qué pasó. Pero, para no hacerte bolas, supongamos que le decían el Robin. Siempre me gustó esa serie de Batman y Robin, pero la chida: la del Adam West, ese bato era rifado, qué mal plan que se quedó pirado, pero en fin, no es ese Robin del que te voy a hablar. El Robin del milagrito era un chango bien pesado, bueno; lo era, pero no se ha muerto según dicen las malas lenguas: cargando cuete todo el tiempo, botas con casquillo, siempre rapado, sólo con una trenzota decolorada en güero a la altura de la nuca, prieto percudido, con un diente de oro, el tabique de la nariz desviado y desgraciado como él solo... chale. Sí se veía bien rudo el Robin, me cae. Pero eso sí: siempre con su Santa de orégano de catorce, colgando del cuello. Para él siempre fue la autoridad máxima. Pues sí, ni modo que acá, si él también era del barrio, como tú y como Johnny Laboriel.

Pues este carnal estaba muy entrado en el business del vicio. Pero tómale a la serpiente, carnal, qué no ves que está bien elástica, y ya con este calorcito pues apenas queda. ¿No? Bueno, te decía que el Robin andaba clavado en tranzas de esas, y ya todos lo conocían en el barrio: era mujeriego (una vez lo arrestaron y los polis dijeron una onda llamada "poligamia", yo pensé en ese momento que era algo así como que de POLIcías que ya lo habían atrapado con las manos en la masa o algo así, después me explicaron que eso es tener muchas morras, chale... entonces varios en el barrio seríamos *poligenios*... o bueno, como se diga), le encantaba apostar en los partidos del Cruz Azul y del tricolor. ¿Cómo lo ves? Rara vez ganaba (eso sí, todo en efectivo, carnal... ya sabes), no tenía nada de suerte en el juego, o al menos eso quería aparentar, porque después, el barrio se enteró que este bato no sólo acudía a sus misas de la Santísima los sábados, sino que una morrita, con la que anduvo hace ya muchos ayeres, lo indujo a la meditación oriental del Tao, y creía en esas ondas del equilibrio del universo. Una de las reglas de la vida del Robin era el balance: le iba tan bien con lo del vicio que, al perder lana en apuestas ridículas, la paz interior retomaba la ruta hacia la estabilidad de su alma, chale. Toda la banda platicaba acá, de los carnales que ya se había tronado este bato, de sangre muy fría a la hora de matar; una vez se supo en el barrio que tuvo que darle mate a una familia entera, con todo y morritos. Mala onda. Y eso también, por si lo estabas pensando, valedor: se metía de tocho, de la a a la z, se hacía daño a lo sabroso el Robin. Me cae que mi jefecita la Santa es grande y por algo nunca tuvo hijos este pelado. Vaya. Hasta que le diste un buen trago a la cerbatana, carnal.

Decían que el bato chambeaba, como pasatiempo, de matón a sueldo, chale; y sí lo creo, carnal. La neta no necesitaba la lana, era todo un sanguinario el Robin, y no le tenía miedo a nada, ni a nadie (sólo al castigo de la Santísima, ahí sí nunca fallaba. Dicen que el templo que visitaba es el mismo al que yo voy ahora a misa de sábado. ¿Desde cuándo dices que le rezas a la Santísima, carnal? Yo me acuerdo de la vez que llevé a una morra, con la que anduve, a su primera (y única) misita: teníamos quince años de edad, a ella le daba curiosidad (ella no era del barrio) y me insistía tanto en que la llevara, que acabé diciéndole: "órale pues, mija. Te llevo este sábado que viene". Se espantó un buen: yo llevaba cargando mi Santa de medio metro y ahí en la entrada del templo, un morro como de once años se nos apareció de frente, traía un churrote y se nos acercó y me preguntó que si le daba chance de "bendecirla", de volada le dije que le pusiera, y empezó a aventarle una humareda que para qué te cuento, carnal. (A la semana esa morrita y yo terminamos). Ándale: esa rola si me pasa un resto: *"caman beibi and lait mai fayer"*. Vientos huracanados, veo que estás ya entrándole más tupido a la chévere, carnal, eso me late, y te apuesto a que ya ni te acuerdas por qué te empecé a platicar todo esto, la neta es que yo por poco y ya no, pero ya me acordé, y es que aquí es donde empieza lo de su milagrito: en una de sus tantas misiones súper secretas (si tuviera que existir una versión mexicana del súper agente ochenta y seis, este bato hubiera sido el elegido, y es que dentro de toda su maldad, la leyenda del Robin cuenta que tenía unos modos bien churreros para hacer las cosas, carnal. Pero pues obviamente nadie se atrevía a reírse de él, al menos no, quienes lo conocían) le tocaba escabecharse a un jura (¡Imagínate el gusto que le dio al Robin poder matar a un leyenda y, mejor aún, con una buena pasta de por medio!). La fecha, el lugar y la hora estaban fríamente calculados por el matón, ese día era sábado, tenía que ir a rezarle a la Jefa, por su bienestar y por el de la misión.

El comandante Morrison (también hay que tapar su verdadera identidad con un nombre falso, ¿no crees, carnal?) era de los más pesados en su ramo y, ahorita que lo pienso era algo así como la versión pirata del Robin, los dos igual de malditos, de prietos y de cínicos, dicen que: "perro no come perro", pero pues el dicho no habla de que igual y se da entre razas distintas. ¿O sí? Era uno de los más allegados del mismísimo secretario de defensa (y digo "era", porque ya no jala con la poli, pero, al igual que nuestro anti-héroe, también está vivo, bueno; eso dicen las malas lenguas).

Esa noche llovía (chale, dicen que hasta eso también ya lo tenía previsto el Robin), terminó la misa y el bato se disponía a ejecutar su plan maestro, el lugar: la carretera México-Pachuca cerca ya del periférico, la hora: media noche, la estrategia (sencilla): darle un buen baño de plomo a la víctima. El Robin tenía "colegas" ocasionales, pero esa vez quería la gloria para él solito. El carro se aproximaba y, cuando llegó el momento, salió de entre las sombras (eran arbustos en realidad, pero se oye más chido si digo "de entre las sombras" ¿no?) y baleó el vehículo hasta dejarlo como playera de pordiosero, carnal. Me cae. Pero al Robin se lo llevaron al baile, y gacho. Le tendieron una trampa. Llegaron a sus espaldas tres carros llenos de judiciales, y entre ellos... pues si ya sabes, para qué te digo; y le pusieron una golpiza entre todos. Lo sonaron cerca de veinticinco minutos, la mayoría de los trancazos se los acomodaron en la jeta. Ya había dejado de llover y al desdichado carnal sólo le quedaba esperar el tiro de gracia mientras, bocabajo, apretaba su Santísima de oro y rezaba silencioso. Morrison le apuntaba justo bajo la trenza oxigenada cuando sonó su celular. Era su mujer que le quería pasar a su hija más pequeña pues "quería decirle a su papá que lo extrañaba y que ya regresara del trabajo". El comandante se apachurró todito: le dijo a la niña que "papito ya iba para la casa", colgó y volvió a apuntar al Robin, pero esta vez a la espalda, disparó rápido y sin titubear. Se esfumaron los judas como humo de cigarrillo. El Robin se había salvado, bueno... más bien lo había salvado la Jefa. ¿Cómo ves?

Bueno. ¡Ya se está haciendo tarde, carnal! y pues es sabadito, si vas para la Meche nos vamos juntos y te sigo platicando de otros milagros que nos ha hecho la Santísima acá en el barrio. Pero vámonos tendidos, porque antes de la pachanga hay que pasar a ver la Jefa, ahí si no hay pretextos. Ni modo que acá. ¿No crees, carnal?

La nota breve de aquel suceso, decía lo siguiente en el diario local más famoso de la Ciudad de México, bajo el encabezado, COMO A DORIAN GRAY:

Esta madrugada, la ciudad fue invadida por un viejo, pero cada vez más recurrido, fantasma: la violencia. El ciudadano (?) fue encontrado en estado, literalmente, irreconocible. La Sra. (?), madre y único familiar del afectado fue llamada para identificar al deformado. Después de vacilar unos minutos, la Sra. (?) pudo confirmar la identidad de su hijo, al ver en su mano, sin fuerzas, una figura hecha en oro de la Santa Muerte, propiedad de la víctima. Al aseverar dicho detalle, se escuchó el murmuro de un reportero: "como en el final de El Retrato de Dorian Gray". La señora madre cerró sus declaraciones a la prensa diciendo: *Es un milagro. La Santísima me lo devolvió, no será el mismo de nuevo, pero lo tendré en casa conmigo. La Santísima oyó mis plegarias".*ଓ

EL ÚLTIMO DÍA DE LA ESPERA

José Ricardo Durán Barroso

Oh Santísima, ojalá, fuera éste el último día de la espera.

Bien sé que hay que tener cuidado con lo que se desea, pero el hombre se torna necio con facilidad. Lo que a continuación les contaré fue lo que aconteció aquella triste noche después de mi plegaria.

Bajo el mágico altar -dispuesto con respeto y temor a la Santa dueña de los días y las noches- , se deslizó muda una sombra.

Supe que en la oscuridad se encubría otra presencia, cuya suerte es agotar mis largas soledades y desear mi sangre y preparar mi muerte. Aquella noche nos buscamos los dos. Dispuse en la mesa el antiguo tablero. Me detuve, en un instante de total negrura, el viento me trajo un rumor, o tal vez el eco de un rumor de ultratumba. Miré a la ventana, me acerqué al espejo. Me pregunté por qué siempre que me encuentro en soledad le temo a los espejos. Me acerqué mucho para contemplarme y ensimismado me arrimé a mí mismo, indagándome en aquel cristal. A veces en la noche los empaña el hálito de algún hombre que no ha muerto.

-¿Vienes por mí? – pregunté, y sabe Dios que sin buscar respuesta.

-Hace ya muchas lunas que camino a tu lado, -me respondió. El hombre es cosa variable, yo que al comenzar la noche, soberbio, había deseado la muerte, en aquel momento de estremecimiento, le temía.

-¿Estás preparado? –preguntó. Temí responder, pero atiné con la verdad y una plegaria.

-El espíritu está pronto, pero la carne es débil. Santa Muerte, espera, por favor, un momento.

-Es lo que todos dicen. Pero yo no concedo prórrogas. Le tengo ahora a mi merced y no soy misericordiosa.

-Misericordiosa serás si me llevas, lo sé con certeza, pero espera un momento, desde hace ya mucho tiempo deseo conocer un laberíntico secreto. ¿Juegas al ajedrez? Juego de magia, razón y ensueños.

-¿Cómo lo supiste? -me preguntó, interesada.

-Lo he leído en libros y oído en canciones. Más de un poeta

plasmó en sus versos tu interés por el antiguo juego.

-¿Para qué quieres jugar conmigo?

-Para recordar que todos morimos. Por mi indiferencia hacia los hombres y las cosas me he alejado de la sociedad en que crecí. Ahora habito un mundo de apariciones, de juegos milenarios y libros fantásticos. Prisionero soy de fantasías y ensueños. He gastado mi vida en diversiones, viajes, pláticas sin sentido. Mi vida ha sido un absurdo. Creo que me arrepiento. Siempre he sido un necio. En esta hora postrera siento amargura por el tiempo perdido. Aunque sospecho que la vida de los demás corre por los mismos cauces. Por eso quiero emplear esta prórroga en una acción única que me de paz. Quiero encontrar en este juego, que como el otro es infinito, el secreto de la vida y de la muerte.

-Jugaremos una partida, -dijo al fin, y con cierto recelo-, te mostraré los arcanos del mágico tablero, pero al acabar el juego acabará también tu vida y tu suerte. Has de saber que bajo tus dichas o tu pena, la invulnerable eternidad se precipita, morirás tú, no el tiempo, se esfumará tu aliento, no la existencia.

Las palabras me faltaban, yo sé que la mayoría de la gente no piensa en la muerte ni en la nada. Un día llegan al borde de la vida y deben enfrentarse a las tinieblas. Pero aquella noche tuve yo la oportunidad de prolongar mi existencia. Lleno de gratitud sólo atiné a decir:

-Gracias Santísima, podrás venir cuando quieras.

Se mostró el alba. Aún temblaban mis manos. Las puedo mover —me dije-, noto el pulso y siento la tibia sangre que por su interior corre. El sol se mueve a lo alto iluminándolo todo y yo, Ricardo Durán, juego al ajedrez con la Muerte.୭

ENTRE LA DELGADA LÍNEA

Carlos López Ortiz

Todo el mundo decía que él tenía la vida prestada, no es que estuviera buscando la muerte, o al menos no de manera consciente y es que Medina poseía un sexto sentido para detectar los peligros, es por eso que en dos ocasiones fue corresponsal de guerra en el Medio Oriente y, cuando regresó a México, solicitó cubrir el turno nocturno pues pensaba que le correspondía reportar al público lector lo que verdaderamente sucedía entre las rivalidades que tenían los carteles.

A Medina no le gustaba hablar de lo que había visto en Irak o en la Franja de Gaza, por consiguiente no tenía una vida social muy activa y su único amigo era el editor en jefe. Le bastaba con tener lo suficiente como para alimentarse y vestirse. Mostraba una indiferencia ante su propia apariencia, teniendo una barba permanente y vistiéndose de manera informal. Se sentía bien en la noche, manejando por las iluminadas calles de la ciudad. Aunque de vez en cuando tenía alguna charla con los policías y los otros periodistas, como un gesto de cortesía.

Así transcurrieron los años, hasta una noche, después de haber escuchado en la frecuencia de la policía que un grupo de hombres armados dispararon a la victima mientras cenaba en un restaurante de comida rápida. Medina llegó, el lugar estaba atiborrado de policías y agentes judiciales. La víctima estaba cubierta por un manto ensangrentado. Parecía un ajuste de cuentas. Según testigos unos hombres armados se bajaron de una camioneta pick up y sorprendieron al occiso.

Medina esperó detrás del cordón policial como los otros corresponsales que iban llegando y cuando uno de los peritos del MP levantó el manto, exponiendo aquel rostro sin expresión, Medina preparó la cámara y comenzó a disparar con absoluto sentido de la profesionalidad. Aunque algo llamó su atención, era la imagen de una jovencita, casi una niña como de unos trece o quince años de edad, de facciones hermosas; al menos así le pareció a él. Estaba muy pálida y su cabellera negra caía en su blusa blanca. Permanecía a un metro del cuerpo sin vida, justo al lado del ventanal roto.

Medina fue el único que se dio cuenta de su presencia. La estuvo observando durante largo tiempo, luego se preguntó si se trataba de un familiar de la víctima. Terminó por no darle mucha importancia. Así que guardo la cámara y caminó de regreso a su auto despidiéndose de los otros foto-periodistas.

La segunda vez que se encontraron fue en un tiroteo. Eran las siete de la noche cuando unos militares obligaron a un grupo de sicarios a fortificarse en una casa. Mientras se aproximaba, Medina se encontró que en medio de la calle, estaba una hummer del ejército que le impedía el paso, por lo que detuvo el coche y bajó de él, armado solamente con su cámara de fotos para entrar a la tierra de nadie.

Los cuernos de chivo desprendían chispas y pedazos de asfalto. Los soldados alzaban sus ametralladoras sin aflojar el dedo del gatillo. En fuego cruzado se encontraban un par de niños que lloran agazapados tras un vehículo, una madre fuera de sí se arriesga para estar con ellos. Era como estar en las calles de Bagdad, sin embargo estaban en territorio mexicano.

Medina se cubrió detrás de su cámara aun cuando un infierno de balas estaba desatado, trataba de no perder ningún detalle para que el lector viera a través de la fotografía el horror diario del país rebasado por la delincuencia organizada. Fue entonces cuando vio a la niña blanca caminando por la mitad de la calle.

No podía dejar de mirarla, porque en ese instante, aquel tierno rostro le era familiar, aunque no sabía muy bien de donde o cuando. Había olvidado por completo aquel primer encuentro. Luego la imagen del restaurante de comida rápida le vino a la mente.

La niña avanzaba lentamente mirando a todos con sus ojos vacíos e invidentes. Finalmente escuchó el zumbido de las balas de metralla que impactaron demasiado cerca de el, que lo hizo tirarse al suelo indefenso. Las detonaciones lo hicieron darse cuenta que estaba en una zona de riesgo, de pronto vio venir una camioneta muy rápido, directo hacia ella, Medina le gritó una advertencia, pero el vehículo pasó a través de ella desafiando toda ley natural. Medina se quedó callado, inmóvil, lo había invadido una onda de miedo.

En su habitación intentó encontrar alguna explicación a lo sucedido. Medina sabía sin duda alguna que había sido presa de un suceso sobrenatural ante el cual no podía cerrar los ojos. Por otro lado, no podía abandonar su trabajo, así que pasó el resto de la mañana revelando fotos en el cuarto oscuro. Después empezó a seleccionar las que le entregaría al periódico y fue la última foto la que le intrigó mucho más que las anteriores. Observó detenidamente un rostro, era el de la Niña Blanca. Un vértigo frío se apoderó de él. Sin perder tiempo buscó en un archivero donde guardaba los retratos. Tomó varias imágenes y la comparó con la nueva: en cada fotografía su semblante aparecía entre la masa de curiosos. Algo parecía revelarse por fin. Fue entonces cuando sonó su móvil. Era el editor, que llamaba para informarle del asesinato de una colega al salir de su casa.

Dos días después, se dio el adiós a la periodista en una ceremonia muy conmovedora. Al cubrir el féretro de tierra, los asistentes empezaron a salir del cementerio. Minutos después Medina identificó de nuevo y sin dificultad a la adolescente que caminaba entre los monumentos y criptas. Sin dudarlo, la siguió por los senderos del panteón. La halló sentada en una loza. Curioso le preguntó: "niñita, esta es tu tumba". El rostro de ella no mostró ninguna expresión. Luego ella se volvió hacia él y le dijo: "No puedo morir... He vivido durante siglos... Soy la semilla que transforma toda vida". Con estas palabras, el ángel de la muerte se esfumó en el aire. Medina, aun incrédulo, se quedó en silencio y hundido en sus pensamientos mas profundos.

Medina se llenó de dudas, las cuales necesitaba resolver, pero pasaron meses y la Niña Blanca no volvió a presentarse. Fue entonces cuando Medina pensó que en la Ciudad de México podía reencontrarse con ella. El viaje a la capital fue fácil. Le había prometido a su editor que tomaría fotos de una multitud manifestándose en contra de las políticas del gobierno, pues por esos días se había programado una mega marcha a favor de la paz.

Después de completar su trabajo viajó al interior del barrio bravo, el peligroso Tepito. Era el 31 de octubre, el día de la Santa Muerte.

En la calle Alfarería se encontraba un altar callejero donde se agruparon cientos de personas para adorarla. La estatua estaba de pie, no tenía ningún rastro de carne, todo era hueso y vestía un atuendo blanco como el de una novia. Cargaba con centenares de collares, anillos y pulseras de oro que le habían regalado sus fieles en agradecimiento por los favores concedidos. La gente le rezaba un rosario con la misma devoción que le rezaría a cualquier santo. Algunos adoradores le dejaban unos pesos, otros cigarros encendidos, copitas de tequila o un porro de mariguana. El ambiente era de fiesta, pues en torno a la capilla se agrupaban vendedores de antojitos, veladoras, puros o discos piratas, mientras un grupo de mariachis le cantaba las Mañanitas.

Con el ánimo confiado Medina compró un habano y se acercó a la imagen. Lo prendió y dejo escapar el humo que se topó con la vitrina que la resguardaba mientras le murmuraba a la imagen descarnada: "Niña Blanca ¿Por qué te me apareces?".

A la mañana siguiente abandonó la Ciudad de México para regresar a su tierra. Al llegar a su departamento la encontró sentada en la entrada, había cambiado una vez más su rostro esquelético por el rostro femenino. Medina palideció al verla, era evidente que lo esperaba, por lo que siguió caminando hasta llegar a ella. Entonces le preguntó: "¿Por qué puedo verte?". Ella le sostuvo la mirada por unos segundos, luego señaló a un grupo armado que saltaba de una camioneta Lobo y con los fusiles de asalto abrieron fuego sobre él. Medina cayó y la sangre comenzó a regarse por la banqueta. Entonces la Niña Blanca se acercó al cuerpo sin vida y lo besó en la frente. Luego se desvaneció en el aire mientras el ulular de las sirenas se acercaba.ca

LA MUERTE AGRADECE

Carlos Alejandro Cortés Alonso

Miguel regresaba a su casa al filo de la media noche. En la esquina, hombres y mujeres construían un pequeño altar, platicaban de los favores de la hermosa y generosa, sin más detalle. Sin tomar mucha importancia, sigue su rumbo. A la mañana siguiente, muy temprano, sale rumbo a la universidad, por la tarde asiste al trabajo. Su horario no es estricto, a veces más temprano se despide de sus compañeros de labores. Pasa al rededor de un mes de la misma forma, noviembre estaba próximo. Algunos vecinos inconformes juntaron firmas para retirar el altar aún incompleto. El párroco los organiza. Desinformado, Miguel sigue su cotidianidad. El altar se inaugura el último día de octubre por la tarde. Regresa cansado, pero es inusual la música y cánticos, cohetes y murmullos. El gentío impedía el paso para acercarse al altar. Lleno de curiosidad se aproxima y se sorprende, a la distancia parecía una imagen de virgen, pero algunos metros adelante se exalta al ver a la muerte con vestimentas preciosas, un sin fin de ornamentos y ofrendas, en la mano derecha sostiene una guadaña, en la otra un mundo. Algunas copas de alcohol al pie, cigarrillos y dinero. La gente le agradece, otros lloran. Siente mucha curiosidad por conocer más de ella.

Se retira a casa, la algarabía no cesa hasta un par de horas después. Por la mañana sale a ver de nuevo la imagen, que siente que lo observa en todo momento. Algunas personas hacen guardia toda la noche, otras llegan y se cubren por turnos. Observa bien y nota medallas con la imagen en todos los pechos de los que ahí se congregan. Son pocos los vecinos que ahí están, que ahí estuvieron. Se escucha el tono de voz diferente, pero la hermandad entre todos es increíble, comparten comida, algunos, cobija.

Algo intranquilo, camina algunas cuadras y llega a la parroquia, ora un poco, medita, respira profundo y se marcha. Su madre y hermanos lo esperan para comer. Es difícil la convivencia entre ellos, hay poco tiempo para eso. Es el hermano mayor. De vuelta, platica un momento con algunos peregrinos, amigos del señor de la esquina, fueron invitados por él para el evento. Don Juan recibió un gran favor y ahora paga su manda. Ellos vienen desde la capital del país y son devotos desde hace años. Dos camiones los que vienen de allá, algunos cuantos conocidos de la colonia. Una gran comida para ese día, un grupo norteño, mariachi y banda de viento. Cuenta la señora Amalia el favor recibido por don Juan. Había curado una enfermedad mortal de la sangre. Gozaba ya de buena salud, sonriente, ferviente. Ella rogó un hijo que durante años no pudo concebir. El niño entre sus brazos dormía. El ambiente es extraño, mientras un copal aromatizaba el lugar y daba un toque mayor de misticismo.

Miguel se retira, lo comenta con su madre, quien le prohíbe estrictamente acercarse al lugar, lo mismo sentenció a sus menores hijos. -Son cosas del diablo, -dijo.

En la casa resonaba a lo lejos música, cantos y se respiraba el aroma a copal. Parecía estar mucho más cerca que en realidad.

Era una noche de gran fiesta, era día de celebración, para otros de guardar.

Incrédulo, pero respetuoso, Miguel sigiloso sale de casa, se acerca al altar, lo contempla, mentalmente se comunica.

Cansados algunos, hambrientos otros y unos más con la curiosidad natural de conocer un lugar nuevo, se alejan del santuario de uno en uno, de dos en dos. El momento de descuido es aprovechado por algunas personas contrarias a la creencia, ciertos asistentes concurrentes de la iglesia. Observa, piensa, actúa. Miguel se interpone, alega respeto a la diversidad de creencias, una mano encubierta lanza una certera pedrada al cristal que guarda tras de sí la imagen vestida elegantemente. El cristal cae en mil pedazos, la algarabía atrae a don Juan, quien defiende su creencia. Se retiran los inconformes, prometiendo volver para retirar definitivamente el sagrario. Miguel apura a recoger los vidrios rotos sobre el piso, mientras don Juan sigue discutiendo. Limpia además la zona interior, acomoda el vestuario de la Muerte, reacomoda la guadaña golpeada por la roca de río. Retira la piedra. Don Juan agradece con la mirada. Apura Miguel por cerillos para encender de nuevo las veladoras pateadas y que intencionalmente fueron apagadas. Todo queda en orden, casi como antes. Eran días de asueto, algunos salían de viaje, otros volvían a su tierra. En el evento, Miguel se encuentra con su novia María, acuerdan salir esa noche. La luna llena alumbraba los rincones más oscuros. La procesión de los fervientes se realiza en silencio, se anuncia con música de tambor y clarinete, camina lento, oscuro, en cada esquina expira rezos, derraman un líquido.

María toca la puerta, apurado sale peinándose aún, solo los dos saldrán a la disco, en las orillas de la ciudad. El camino es riesgoso, sinuoso, inestable, traicionero. Llegan con bien, buen ambiente, mucha gente. Las horas pasan, la convivencia no permite percibir el tiempo. María debe regresar pronto. Deciden volver, ella maneja su coche a alta velocidad, se divierte imaginando y burlando obstáculos en el camino, acelera, rebasa, juega. El cinturón de seguridad estorba las risas. El reproductor de música da vida al camino, el volumen incólume aturde los oídos. Miguel comienza a preocuparse, María actúa indiferente, maneja en la solitaria carretera. Se anuncia una curva peligrosa a mil metros, quinientos, doscientos, cien...

Un coyote se cruza lentamente, voltea, sus ojos brillan con la luz del coche, el auto derrapa, impacta al animal y el auto sale al voladero, da vuelcos en fracción de segundos, la música calla.

La vida en un segundo, recuerdos felices, tristes... No hay dolor, no hay sentidos. Despierta fuera del coche, a diez metros, el auto sigue rodando los neumáticos boca abajo, luce inservible, un faro da tenue visibilidad, quejidos, sangre, poco dolor. María sangrante, golpeada, inconsciente, apresada entre el asiento y el volante. Como puede la despierta, arrastrando el pie derecho que duele hasta el grito. Abre apresuradamente la puerta casi deforme, irreconocible. Ella misma abraza su brazo izquierdo, desviado, roto. Su parietal derecho sangra. Sale arrastrándose por entre las hierbas y la tierra. Incrédulos miran al auto deshecho. Se miran una y otra vez, se sienten, se abrazan, caminan un poco, el dolor se hace patente y les impide seguir. El motor comienza lentamente a humear, el temor los invade. El exilio es difícil, casi imposible, más de treinta metros cuesta arriba, entre densa vegetación, y visión escasa, solo la luna ilumina, solo ella fue testigo. El sonido de ambulancias se acerca, llegan, comienzan a descender los paramédicos, les auxilian. Al llegar arriba sin mayor detalle abordan, los vendan. Miguel sufre una leve fractura en su tobillo, rasguños y raspones. Es dado de alta al día siguiente, muy temprano, mientras María es atendida por la crisis nerviosa y demás lesiones un poco más serias. No dan crédito de como salió ileso Miguel de tan terrible accidente, su madre le espera en compañía de familiares en la puerta del hospital. Sale caminado como si nada hubiese pasado. Al filo de las tres de la tarde, desea regresar a ver a María, pero antes le pide a su amigo Ricardo le lleve hasta el lugar del accidente cercado por cinta policiaca, cinta que es burlada. El auto no está en el lugar. Indaga, inspecciona, observa minucioso. Algo llama poderosamente su atención, contempla sorprendido el lugar donde cayó al salir por la ventana del auto. Sobre el pasto, descubierta, una piedra de río, blanca, lustrada. La misma que de un golpe rompió el vidrio del altar a la Santa Muerte, misma que él retiró del lugar lanzándola lejos, a un lote baldío vecino de la ermita. Sin decir nada el aire le faltó, su amigo observaba otros puntos del accidente mientras imagina lo ocurrido. Decide no comentarlo con nadie. Y desde entonces, cada viernes por la noche, una veladora enciende agradeciendo... ଔ

LA TÍA SANTA

Jaime Miguel García Balandrán

Cuando llegué a San Esteban, podía asegurar que no tenía nada más que perder, estaba decidido a pasar mis últimos días sentado junto al balcón con una botella de tequila en una mano y "Confieso que he vivido", de Pablo Neruda, en la otra. Pero estaba por verse que las cosas, para variar en mi vida, no serían como lo planeaba.

Así lo visualizaba cuando el camión había llegado a la parada de Cojumetec, la cual servía de preámbulo para el pueblo, encontrándose aun a treinta minutos en los taxis que, para bien, salían de la plaza cada cinco minutos o cuando se juntaba la gente necesaria para que el viaje valiera la pena. Y es que San Esteban, para muchos, nunca fue lo suficientemente importante como para dedicarle aspectos como ese, pues los únicos que pisaban aquel piso ya infértil, eran algunos paisanos inmigrantes que regresaban a pasar sus últimos días en la tierra que les dio la vida y yo como ellos, si bien no tenía la fortuna de haber nacido en aquel escondido rincón del mundo, y tal vez sin el derecho de hacerlo, planeaba dejar de existir en la casa de mi tía Guillermina.

A mis treinta y tres años no pensé que mi vida daría un giro semejante, pero como sólo después lo entendería, las cosas no dependen de uno, poder insípido que ni entre los millones de habitantes de la tierra ni del universo se compara con aquel poder extraordinario de algún dios, y lo digo así porque por más que busqué hasta ese entonces la fe, darle un nombre y creerme súbdito de alguien, nunca pude dar con Él o en su defecto con Ella, pero mi idea de divinidad ahí estaba, y para aquella aventura por San Esteban encontraría lo más parecido a eso que tanto deseé.

Qué idea, la fe, la esperanza, cosas tan sencillas pero al mismo tiempo tan inalcanzables que para un hombre como yo le costó la vida misma, mi trabajo, mi familia, mis amigos, todo, absolutamente todo. Primero fue la universidad, el consejo directivo no pudo aguantar mis conflictos espirituales, mucho menos porque su Dios no les permitía, según ellos, tolerar a alguien que para aceptarlo como líder, diera una buena explicación de los hechos, aunque en mi opinión, y lo que creo que causó todo, fue que no tenían razones suficientes para convencerme de que su Dios, era el único y omnipotente.

Con mi familia y mis amigos las cosas fueron distintas, fue digamos el famoso efecto dominó. De pronto, cuando para mí los números habían dejado de ser tema primordial en la vida y comencé con toda esta maraña de la trascendencia y la concreción propia de la espiritualidad, al haber perdido el trabajo, mi entorno, o sea mis personas cercanas, comenzando con mi familia, no pudieron soportar pensar que había perdido la fuente de ingresos por algo tan estúpido, claro, no le decían estúpido al tema, sino a mí por hacerme cuestiones de ese tipo.

−¿Qué no estás bautizado?- me pregunto Gloria, mi esposa. Sí, lo estaba, pero eso qué importaba, esas cosas son herencias atávicas que luego ya la gente con los años ni entiende pero ejerce con la pura inercia. Ella pretextaba y pretextaba como queriendo deshacerse de mí, como diciendo, -ya nos perdiste, a mí, a nuestros hijos y a todo, y dale gracias a tus dudas espirituales y espero que las encuentres pronto para que éstas te den de tragar-. Ahí acabo todo. Ya con mis amigos la cosa fue más sencilla, por lo menos para ellos qué necesidad tenían de ser sutiles conmigo y echarme la mano, al fin y al cabo el término "amigo" es algo que se puede romper sin implicaciones legales. −Pinche Jorge- me decían. −A poco por esas pendejadas te corrieron de la chamba y de tu casa, vaya si estás jodido, sólo a ti se te ocurre meterte esas ideas en tiempos como estos-. Y quizá tenían razón y fue lo único que les agradecí, porque después de unos días de conmiseración se fueron alejando uno a uno hasta que de pronto me vi envuelto en la soledad de mí mismo y, lo peor de todo, fue que no tenía alguien a quién pedir por mí.

El taxi me dejó junto con otras tres personas en la plaza de San

Esteban. A pesar de que ya les comenté de lo insignificante del pueblo, éste era hermoso, y es que la importancia ahora se mide con otros parámetros, pero muy en el fondo, estando ahí, uno se enamora del lugar. Por lo menos yo lo hice. Vi caminar a las pocas personas del pueblo observándome extrañamente, era quizá que en mi frente estaba la marca invisible del forastero. Caminé un par de pasos sin un rumbo preciso mientras sacaba la hoja con la dirección de mi tía Guillermina.

Creía que no sería tan difícil encontrar una calle en aquel San Esteban de algunas quizá cincuenta personas; sin embargo no me atrevía a rebasar los límites de la plaza con un miedo irreconocible o quizá una pena inaceptable. Cuando ya estaba desesperado y la noche estaba por presentarse, intercepté a una anciana que se tropezó con mi trayectoria, pregunté a ésta por mi tía Guillermina sin siquiera apelar a la dirección, en su rostro se plasmó una facción extraña, como entre miedo y respeto, intentó zafarse de la pregunta pero yo insistía, hasta que con una voz muy quedita alcance a escuchar: −Al fondo, por el rancho de Don Ignacio−. Giré hacia donde su dedo indicó, acto que aprovechó la viejita para marcharse de prisa, como si la noche trajera consigo un toque de queda automático y, con el mismo, cosas fantasmagóricas fueran a pasar. Pensé en eso un rato, pero inmediatamente descarté la idea al ver el pueblo, nada así podía pasar en un lugar como ese, tranquilo, apacible, sereno.

Caminé unos cinco minutos. Llegué a la que debía ser la casa de mi tía, lo supuse porque seguí las indicaciones de la anciana y pasando una vereda y atravesando un pequeño rancho era la única casa que quedaba. Era linda, antigua, aun en muy buen estado. Toqué la puerta y sin hacerme esperar mucho salió mi tía recibiéndome con un fuerte abrazo y con una taza de atole.

Guillermina Martínez era hermana de mi madre, la cual había fallecido junto con mi padre en un accidente de auto hacía ya veinte años. Recuerdo que mi mamá, nunca se habló con ella. Decía que era rara y otras cosas que ya no alcanzo a recordar, pero ella, mi tía, fue la única que me brindó apoyo en aquella carencia espiritual y la que, cuando llamé, me invitó a pasar unos días en su casa en aquel pueblo con la promesa de ayudarme.

Su casa brindaba una vibra extraña, nunca fui creyente en esas cosas; sin embargo se percibía un estado raro, como paz, pero una paz que pasa factura, como si después de sentirte bien, alguien llegara y dijera: -Ahora que ya estuviste bien, tendrás que estar mal.

Platiqué con mi tía lo ocurrido, mi desgracia y el objetivo de estar ahí, le dije que tenía planeado dejarme morir en su balcón, que realmente no venía por su ayuda, que lo único que deseaba era dejarme ir en mi tragedia. También le dije que lo sentía, que sentía el atrevimiento de querer profanar su casa de esa manera. Mi tía sonrió, se levantó y se dirigió a su cuarto sin que yo pudiera decir algo por la pena que inundaba mi boca. Regresó rápidamente, en su mano estaba una figura de la Santa Muerte, lo sabía, porque era muy conocida y en muchas ocasiones había visto reportajes en televisión sobre ella, donde la mayoría, si bien hablaban de sus beneficios y sus milagros, a mí, debo confesar, me daba algo de pavor. −Aquí está lo que necesitas−, dijo mi tía con una sonrisa. Creí que me daría razones, que me explicaría el por qué esa era mi solución; sin embargo sostuvo la imagen por unos cuantos minutos y después la postró frente a mí, marchándose tranquilamente con el vaso aun a medías de atole que en un principio me ofreció. Miré la imagen, era pequeña, pero me representaba muchas cosas. Entendí el por qué de la vibra del lugar, traté de remembrar todos los milagros de los que había escuchado, todas esas afirmaciones de que la Santa Muerte era milagrosa y buena, las comparé con las otras versiones de mi fe, las posibilidades existentes. Era raro, tenía el prejuicio, me parecía que eso de la muerte era cosa de brujos, pero por otra parte ya no tenía nada que perder, las cartas del juego se me habían agotado, sólo tenía una opción, y tal, extrañamente, ya no me parecía tan desagradable.

Los dos meses que pasé en San Esteban me sirvieron para muchas cosas, mi tía Guillermina fue una maestra para mí, me instruyó y encaminó en esa fe hacia nuestra señora de la Santa Muerte. Cuando volví a la ciudad en mi equipaje llevaba la figura que me salvó de ella misma, la muerte, había sido un obsequio de mi tía. Al llegar, por inercia de la vida y de mi fe, las cosas se fueron acomodando. Yo conseguí un buen empleo en una mejor universidad. Desde luego que no regresé con mi esposa, conocí a alguien más, aclarando decir que más hermosa. Eso sí, procuro a mis hijos. En cuanto a mis amigos, esos ya se los está llevando la chingada. Y el mundo continuó con su curso, yo me reincorporé a él, pero eso sí, como dijo mi tía, sin que nadie sepa que por las mañanas y por las noches, me encomiendo a la Santita Muerte, para que todo me pinte bien sin dejar de hacerlo jamás, porque eso sí, ella no tolera traiciones.ଔ

LA ESCALERA

César Javier Chagoya Saldívar

La madrugada del primer sábado de octubre, sentí el momento en que entró el invierno, podía escuchar cómo golpeaba con furia el aire frío toda la casa y cómo rechinaban las ventanas, el cuarto parecía una especie de congelador con las pequeñas corrientes de aire que se filtraban. Emiliano estaba a mi lado, dormido y abrazado a mi pecho, ya no hacia más que chupar mi pezón, pelado de tanto amamantarlo. La boca aún me dolía, esta vez el golpe seco de Miguel me había tumbado más que el diente de enfrente, me había dejado obcecada y sin rumbo. Él yacía delante de mí, como severo cuidando la entrada del infierno, musitando no sé qué oraciones a la Santa Muerte, siempre hablaba así cuando dormía, su altar lo tenía en la repisa, aquella que había puesto mi padre hace ya varios años y donde, estaba la tele que tuvimos que vender, para comer en la semana.

No sabía qué era lo que esperaba, o tal vez la Santa nunca le hacía el milagro, porque él solamente esperaba a que las cosas llegaran así, solas, sin trabajar ni luchar por ellas, y yo ya me había hecho así como él. Trabajos por aquí y por allá, pero nunca duraba y yo tenía que ingeniármelas para la comida. Unos ratos lavando, otros haciendo tamales, pero nunca alcanzaba, ya hasta había vendido toda la tubería de cobre del baño y una de las protecciones. ¡Cuanta austeridad! Ya estaba cansada. Me levanté, realmente nunca he creído en esas cosas de la Santa, sólo Miguel es el que le atisba sus ofrendas y le reza por que salgamos del paso un día más aunque sea; me asomé a la calle, la avenida estaba sola, sólo se escuchaba el silbar fuerte del viento frío.

Me fui nuevamente a recostar, y mirando a la Santa, tomé uno de los rosarios que tenía colgado y comencé a rezarle, pensé que probablemente a mí sí me escucharía, así que le conté todo, desde que Miguel se metió en mi vida casi a la fuerza, como a pesar de que me burlaba de sus formas, necio y aferrado se quedaba a mi lado, a pesar de que no teníamos nada en común, yo estudiaba la prepa y él solo un vago que presumía de cosas que no eran suyas, así sin darme cuenta se me fue metiendo hasta ahora. Recuerdo como lo conocí, es un tipo feo, moreno, chaparro y con la cabeza algo deforme, pero no sé cómo es que llegué a engendrar algo con esa abominación. Es de esos tipos que te envuelve con su plática facinerosa y estrepitosa, que les crees menos de la mitad de lo que dicen, pero que al fin y al cabo no sé cómo me envolvió en sus mentiras y me las creí. Tenía ya 17 años y pensé que la vida aun me deparaba tanto porvenir. A veces creo que esto igual fue un milagro de la Santa, siempre cuando anduve con él soñaba que me perseguía la calaca que siempre traía colgada en su cuello, y cómo me alcanzaba para nunca dejarme ir. Así que era mi turno para pedirle un milagro. Mientras musitaba mis deseos y veía la figura de aquella figura vestida de negro, inerme y sin sentido, cerraba los ojos y apretaba las cuentas del rosario con más y más fuerza pidiéndole que me liberara de mi castigo, que me respondiera el por qué de este martirio que estaba pagando. ¿Qué era lo que estaba expiando con esta vida y por qué mi hijo tenia que pagar todo esto? El cuarto oscuro era el que me contestaba con su silencio y los ronquidos de Miguel eran el marco de ese silencio. Emi, como le decía a mi bebé, dormía plácidamente, me acerqué y le di un beso, me dolía aun el labio puesto que estaba hinchado,. Esta vez él se había vuelto loco. Rompió el espejo de un puñetazo y me quiso cortar la cara con uno de los vidrios. No me alcanzó ya que pude salir de la casa y al fin los vecinos llegaron a calmarlo. Mi madre ni se acordaba de mi sufrimiento y a pesar de que mis hermanos me ofrecían su apoyo, pensaba que tenía que aguantar, por mi familia y mi hijo. Otra vez regresé donde la Santa. La miré y la reté. Le pedí esta vez con más fuerza una respuesta pero nunca la recibí, sólo el rechinar de la escalera respondió mi plegaria. Esta vez apreté demasiado la cruz del rosario. Se me incrustó uno de sus malditos lados. Ya cansada de rezar, miré que el amanecer estaba a punto de llegar. Ya no podía más, así que me dispuse a hacer lo que no debía. Tal vez Miguel se ocuparía mejor de las cosas solo, sobre todo porque de "pendeja" no me bajaba. Jamás fui nada y el estado de estupidez en el que me encontraba me sumía más y más en la respuesta, falsa y fácil. Así que tomé uno de los cargadores de los múltiples celulares que Miguel robaba y lo amarré a la protección de la escalera, por ultima vez le pedí a la Santa el tan ansiado milagro. Nada. El silencio sofocado por los ronquidos fue mi única respuesta y entre lágrimas ahogadas me enredé el cable al cuello y comencé a avanzar por la protección, hasta llegar a un punto en el que mi lucha no me permitiera salvarme. Justo en el momento en el que me tiré, algo despertó a Miguel, se levantó y me gritó. "¿Qué haces puta malnacida, qué haces?" No podía hacer nada ya, el cable apretaba con fuerza mi cuello y sentía cómo el aire me faltaba cuando, de repente, tal parecía que la madre Santa Muerte me recogía. El milagro acaecía. Miguel, al tratar de golpearme para cortar el cable, fue víctima de su propia furia, pues no se había fijado que la noche anterior había roto el primer escalón que baja hasta el primer piso de la casa, y resbaló hacia el vacío. Pude contemplar entonces la magnanimidad de la Santa cuando, al caer, su sangre brotó contra el suelo y su rostro simiesco se quedó con una mueca siniestra y altiva. Por fin recuperé la fuerza y, aun atónita por lo que había pasado, alcancé a posarme dentro de uno de los descansos. Así fue como detuve la asfixia de mi cuello. Cuando pude rehacerme, miré hacia el fondo de la escalera, Miguel yacía desnucado con el mueble de la tele y su sangre formaba una mancha como de calavera. ¡Qué alivio me dio! Emi despertó buscándome. Me recosté a su lado, saqué mi pecho y comencé a darle de comer.🙡

LA ESTATUILLA ESCONDIDA EN EL ROPERO

Irma Verolín

La muerte ha sido desde siempre esa vieja amiga, esa confianzuda que no deja de arrimarse a todo lo que existe. Sin ella nada es posible. Con ella hasta lo más poderoso se deshace y va a parar al otro lado, ese lugar indefinido, grande, difuso que nos atrae continuamente, continuamente, continuamente. Yo una vez me asomé del otro lado, ocurrió en un instante, creo recordarlo, y lo que pude ver me dejó encandilada. Desde entonces cada cosa que hago, cada segundo, cualquier intento que me impulsa en esta vida contempla lo que vi. Y lo que vi apenas encuentra una palabra para ser expresado.

Los días se desgastan sobre sí mismos. Y así, poco a poco se me van volviendo ajenos. Me parece oír voces que vienen de alguna parte, pero no estoy segura. A lo mejor no vienen, a lo mejor las voces se van. Quizá porque hoy es primero de noviembre y siento que me están llamando.

Reconozco que por aquellos días mi vida no estaba bien, no se hallaba en su lugar, como quien dice, andaba fuera de su sitio. Fue la doña de la casa con las macetas verdes la que me regaló la imagen. Primero pensé que se trataba de una virgencita, pero enseguida me di cuenta de que no: el manto en vez de ser celeste era rojo. Bajando la voz, la doña me dijo:

-Guárdela, quiere, guárdela bien y cuídela que va a ayudarla a usted primero que a nadie.

Era una estatuilla de unos veinte centímetros, tallada en madera. La verdad, el aspecto de la imagen me dio impresión. Primero por los ojos, unos ojos tan abiertos, de esos a los que nada se les escapa, y después por la guadaña, que no se parece mucho al machete que tenemos en casa para podar las plantas. Y ni hablar de la flacura, pobrecita si hasta daban ganas de darle de comer en la boca. Aunque, por cierto, eso era imposible, estaba hecha en madera, la boca cerrada y medio sonriente. Qué le iba a meter ahí, nada. Nada podía meterle yo en la boca. La miré a la doña aquel día en que me la dio y se notaba que mi gesto fue de interrogación porque ella, con una voz suave, me dijo:

-Es la señora de la Santa Muerte. Llévesela, la va a ayudar. Si puede, hágala bendecir.

Me la llevé envueltita en un pañuelo negro para que el cura me la bendijera y ahí nomás se hizo presente la primera complicación. Apenas la fui desenvolviendo el cura empezó a dar unos pasos hacia atrás mientras gritaba: "¡Quite eso de aquí, sáquelo y váyase usted fuera con esa inmundicia!". Escuchar a un cura decir la palabra "inmundicia" ya no me gustó y, además, eso de andar despreciando lo que me había regalado la doña, no señor. No era el proceder de un cura en el sentido más católico de la palabra. Así es que me llevé a mi Santa Muerte otra vez envuelta para mi casa. Fui a decirle a la doña que qué me había dado y creo que fue por su mirada tranquila y profunda que me convencí de que esta figura tenía que estar en mi casa. Y más todavía lo creía si me acordaba del cura caminando para atrás y alzando la voz y echándome como a una desgraciada cualquiera. Si el cura no me quiso bendecir a la Santa, muy bien. Lo dejamos así, murmuré para mis adentros. Y así lo dejé. No pisé esa iglesia, no, esa no. Me fui a otra y por las dudas no pedí bendiciones. Dejé las cosas como estaban, ya que para algo Dios las había puesto de esa forma sobre el mundo y no tenía yo que andar dándolas vueltas por puro capricho. Siguiendo el consejo de la doña que me recalcaba que había que bendecir a la Señora, que era importante, me la llevé para la misa envuelta en el mismo trapo negro y me fui a los bancos de muy atrás y, cuando al final el cura echaba bendiciones a media humanidad, saqué de mi bolso a mi Santa de la Muerte y la ventilé un poco hacia los costados para que recibiera la bendición junto con todos. Claro que la doña me explicó que no estaba mal lo que había hecho, aunque mejor hubiera sido en un viernes santo o en el día de los santos difuntos. Pero qué le íbamos a hacer, estábamos en junio y al calendario no se lo puede cambiar por más anhelos que se tengan. Ni siquiera mi Señora de la Santa Muerte era capaz de hacerme esa gracia.

No sé cuándo empecé a llamarla distinto. A veces me ponía atrevida y le decía "mi flaquita" o "mi calaverita", "niña Blanca Santita", pero la doña me dijo que no, que estaba mal, que no dijera eso, que la llamara por su nombre real: Señora de la Santa Muerte o Señora de la Buena Muerte. Y yo ahí nomás le repliqué si no se podía disimular ese nombre, disfrazárselo un poco. ¿"La muertita", por si acaso no podía ser? Y ella que no. "Señora de la Buena Muerte" no me gustaba en lo más mínimo, sonaba muy contundente y me hacía pensar en el momento en que el mundo quedara allá en la lejanía para mí, de tan sola que yo iba a estar, porque ese nombre me empujaba hasta el día futuro en el que yo me iba a ir de este dichoso mundo. No es preciso aclarar que a la santita yo la quería para vivir, para vivir bien. Y la tenía en casa más que nada para pedirle por mi marido. Mi marido no sabe que yo la tengo guardada en el ropero, no sabe, no. Mejor así.

A veces pienso que si a mi marido no se le diera por chupar de la mañana a la noche, por ese empinar el codo y dale que dale vaciarse la botella dentro del buche para quedarse después echado como muerto horas y horas, yo no tendría a la Señora de la Muerte guardada en el ropero. No habría habido necesidad. A él le da lo mismo vino tinto que caña de esa bien dulce, hasta que no le ve el fondo a la botella no la deja. El pobre tiene el alma atrapada por el espíritu maligno de la bebida. Sólo una Señora tan poderosa como ésta me lo puede rescatar. También pienso que mi marido, de tanto darle a la botella, se muere todos los días y renace cuando se despierta. Hay que verlo tirado en cualquier parte con los ojos tan cerrados, boqueando y el cuerpo completamente flojo. Muerto, sí, parece muerto. Antes de darle a la bebida está muy nervioso, después se pone contento y después enojado. Y cuando se enoja se le da por pegarme. Y eso es lo peor. Si no me pegara no estaría la señora de la Muerte en el ropero. Una vez fue terrible. Quedé con un ojo hinchado, la mitad de la cara de color violeta y las piernas llenas de moretones. Al brazo de planchar y lavar la ropa apenas lo podía mover. Ni siquiera lloré esa vez. Fui derecho hasta el ropero y le prometí a la Señora de la Muerte que si él no me pegaba por un largo tiempo, yo le iba a agradecer haciéndole una ofrenda, teniendo encendidas las velas por tres días seguidos. Le prometí oraciones, le prometí comprarle comida rica que no sé cómo iba a metérsela en la boca, pero bueno, le prometí de todo un poco. Repetí lo que me enseñó mi vecina: "Santísima Muerte de mi salvación no me desampares de tu protección". Lo repetí mucho, con la voz para afuera y también en silencio, con el pensamiento retumbándome adentro. No dejé de repetirlo y de repetirlo. Y surtió efecto: mi marido estuvo un mes entero sin pegarme. ¿Es un largo tiempo un mes? ¿Quién puede asegurarlo? *La cuestión es que yo no encendí las velas, no, no lo hice, no cumplí y por eso me pasó lo que me pasó. Pero antes ocurrió algo y aquí me encuentro y ya no puedo cumplir y no sé cómo arreglar este entuerto. Poca cosa está en mis manos para obrar ahora, poco es poco y casi nada y no me queda más que el lamento. Y pensar que la doña me explicó que si yo no cumplía, la Señora iba a obrar en contra de mis beneficios y, seguro, algo malo me iba a pasar. La Señora de la Muerte no se anda con vueltas si una le esquiva a la obligación que selló primero con palabras. Si a las palabras no la acompañan luego hechos que las refuercen, se vuelven contra una.*

Con el correr de los años me acostumbré a ver a mi marido echado, como muertito después de beber. A lo mejor es porque cuando él me pega es lo mismo que si me matara a mí por un rato. Entonces lástima tendría que tener él de mí también. Y a veces le viene la lástima y se le da por regalarme cualquier baratija para que me olvide de lo que pasó. Y, con tal de llevarle la corriente, yo me olvido. A veces, no bien termina de darme tantos golpes, él se vuelve a emborrachar y así parecemos los dos muertitos.

Me acuerdo que por aquellos días mi marido no me dirigía la palabra, ni un chistido le escuché decir, por eso iba hasta el ropero y no paraba de hablarle a mi Señora de la Muerte, le contaba lo que mi marido no quería oír. Me parece que fue después, un poco después no más, me parece que él se enojó mucho por lo que yo hice o dejé de hacer y, si no recuerdo mal, lo último que me acuerdo es que creo haber visto el machete de podar las plantas del monte alzado por encima de su cabeza. Brillante el machete lo mismo que su mirada, sí, la mirada en los ojos grandes, grandes, muy abiertos de mi marido iguales a los de mi estatuilla escondida en el ropero. Iguales, igualitos y no recuerdo nada más. Eso solo. Todo se ha vuelto confuso desde aquel momento. Hoy, en este primer día de noviembre, veo a la gente yendo y viniendo, como si fueran figuritas distantes en medio de una nebulosa, tienen el tamaño de la estatuilla que, aunque sigue escondida en un rincón de mi ropero, también está a la vista y todos ellos van y vienen; a veces me parece verlos poner velas, las velas son para mí, pero yo no estoy entre ellos. Me busco pero ya no estoy; quiero verme pero no me veo. Nadie me ve, nadie podrá verme de nuevo allá en el mundo. Queda tan lejos el mundo, tan lejos.๛

LA SANTA MUERTE ENTRE LAS MILPAS DE MAÍZ

Angélica Cabrera Sanabria

Como cada Día de Muertos, Lola y su padre Hipólito comenzaron a poner la ofrenda en honor a sus muertos. Desde muy temprano daba inicio la faena para colocar la ofrenda y quedar lista para la hora del almuerzo. La ofrenda, además de llevar flores, calabazas, pan, dulces, elotes, tortillas, guisos, fruta, vino, café y agua llevaba los retratos de cada uno de los muertos que querían honrar y recordar ese día. Además de esos retratos, Hipólito colocaba una imagen que siempre resultaba poco usual para Lola: la imagen de la Santa Muerte en medio de toda la ofrenda.

Lola era una joven muy tímida y reservada que rara vez se atrevía a expresarse y preguntar todo aquello que le generaba duda, mucho menos a su padre, que era un hombre grande, de aspecto rudo y serio aún más reservado que ella, sin embargo, debido al gran cariño y a la confianza que le tenía y además, pensando en el momento de unión que cada año se creaba entre ellos durante el tiempo que tardaban en acomodar la ofrenda, decidió atreverse a preguntar algo que desde que ella tenía uso de razón y cada 2 de noviembre específicamente, se le venía esa duda a la cabeza. Así que ese día sin pensarlo comenzaron a salir las palabras de su boca y le preguntó a su padre: Papá, ¿por qué siempre que terminamos la ofrenda para nuestros muertos, al final colocas la imagen de la Santa Muerte en medio de la ofrenda?

Hipólito volteó con esa cara que semejaba una máscara de tantas arrugas que ya se dibujaban en ella, observando a Lola con sus ojos grandes y negros bien abiertos se quedó así por unos minutos e inmediatamente después su boca se abrió lentamente y salieron tres palabras: ¡Terminemos la ofrenda!

Inmediatamente, Lola se percató del error que había cometido, se sintió muy mal por haber molestado a su padre en ese día que siempre había sido tan importante para él. Decidió que a partir de ese momento no volvería a preguntar algo tan tonto y que se limitaría a disfrutar el día junto a su padre.

Así fue, continuaron poniendo la ofrenda y al terminar de colocar los retratos de sus difuntos y la imagen de la Santa Muerte, como ya era tradición, Lola se dio la vuelta para irse a la cocina a desayunar, pero algo que ni ella hubiera imaginado sucedió, su padre repentinamente le puso la mano en el hombro y con voz fuerte y seria le dijo: ¡Espera! El cuerpo de la joven se estremeció, por alguna razón, aunque sabía que era su padre y que no la lastimaría, esa voz le dio mucho miedo y tuvo el impulso de correr pero no lo hizo. Se llenó de valor, respiro profundo y volteó hacia su padre, sin verlo a la cara le preguntó: "¿Qué más quieres que hagamos papá?" Su padre le tomó la mano y sin palabra alguna la llevó a un rincón, le pidió que se sentara mientras él prendía el fogón, después se sentó junto a ella y comenzó a hablar: "Lola, eres una joven muy seria pero observadora, siempre pensé que la pregunta que hoy me hiciste la harías tarde o temprano y, ¿sabes qué?, la esperaba con ansias. He tenido ganas de contarte esto desde siempre pero preferí que tú me lo pidieras, ahora que lo hiciste te lo diré, ya que me he dado cuenta que tú eres muy parecida a mí y seguirás la tradición cuando me muera.

"Cuando yo tenía 15 años trabajaba en los terrenos que rodean el pueblo, los cuales eran propiedad de don Ezequiel Sánchez, ahí cada año se sembraba maíz en todas las hectáreas del terreno, debido a eso don Ezequiel contrataba 100 campesinos para que sembraran y cosecharan el maíz. Entre esos campesinos contrató a tres amigos míos, Marcelino, Álvaro y Martín y también a mí. De acuerdo a la repartición de pedazos de tierra que cada uno tenía que sembrar, a mis amigos y a mí nos toco trabajar juntos, por lo que las jornadas nos las pasábamos trabajando y por ratos platicando de las novedades de nuestras vidas en general.

"Ese año la siembra dio muy buenos resultados, hubo muy pocos pedazos de tierra que se nos echó a perder el maíz o que no se dio por circunstancias normales de la agricultura de aquel entonces, así que todo el terreno se podía apreciar lleno de milpas que no dejaban ningún espacio vacío. La época de la cosecha por lo tanto implicó mayor trabajo y dedicación, ya que teníamos que recoger la cosecha en un plazo de dos semanas, por lo que nuestra jornada comenzaba desde las cinco de la mañana y terminaba pasando las seis de la tarde. Así estuvimos trabajando durante 8 días recogiendo todo el maíz y avanzando sin ningún contratiempo. Ese día mientras recogíamos el maíz decidimos que para el 9o día de trabajo nos reuniríamos mis amigos y yo después de acabar la jornada para irnos a chiscar unos elotes en un terreno pegadito a donde estaban las milpas de maíz. Todos estuvimos de acuerdo. Así se llegó el 9o día, el cual trabajamos como siempre hasta pasadas las seis de la tarde. Una vez que se terminó nuestra jornada decidimos esperar a que todos los demás compañeros se fueran para que después no hubiera un soplón que le fuera con el chisme a don Ezequiel de que nos habíamos quedado a comer unos elotes en nuestro lugar de trabajo. Cuando finalmente se fueron comenzamos a prender leños y cada uno chiscó todos los elotes que squiso comer. Pasamos un rato muy agradable contando anécdotas, platicando de nuestras familias, sueños y planes a futuro. Estábamos tan a gusto que el tiempo se nos pasó tan rápido, ni cuenta nos dimos que ya estaba oscureciendo. Decidimos empezar a recoger todo para no dejar huellas y tomar camino de vuelta al pueblo. Cuando estuvimos listos comenzamos a caminar hacia la camioneta de Álvaro que era el que siempre nos llevaba al trabajo, su camioneta estaba del otro lado del terreno por lo cual para llegar a ella teníamos que cruzar todo el terreno de las milpas de maíz que todavía no terminábamos de cosechar. Íbamos como si nada, platicando y riéndonos de cualquier cosa, cuando de pronto Martín comenzó a voltear tras de nosotros una y otra vez. Era muy notorio y dejamos de platicar, le preguntamos qué pasaba, él se veía preocupado y por segundos ansioso, así que le preguntamos nuevamente qué le sucedía y nos dijo: 'Saben que desde hace rato estoy escuchando que alguien nos viene siguiendo, pero por más que volteó no veo nada, pero siento como que alguien nos sigue muy insistentemente'.

"Nosotros comenzamos a reírnos y a decirle que seguramente de lo lleno que había quedado estaba imaginando cosas, que no era nada, seguramente solo era el viento y el ruido de las milpas. Sin embargo Martín no nos hizo caso y seguía volteando a cada rato hacia atrás buscando aquello que escuchaba que nos seguía, al ver su insistencia decidimos dejarlo con su locura y continuar platicando nosotros mientras avanzábamos hasta la camioneta. No habían pasado ni cinco minutos de continuar con nuestra plática cuando oímos un grito muy fuerte de Martín e inmediatamente, sin darnos tiempo a preguntarle de qué se trataba, nos grito: '¡Córranle, córranle hasta llegar a la camioneta sin voltear o se mueren!', todo esto nos lo dijo mientras corría, cosa que de verdad nos asustó y sin más corrimos porque lo vimos muy alterado. Sin detenernos corríamos entre las milpas y tras de nosotros se empezó a oír alguien que venía corriendo muy rápido, ahora sí todos lo escuchábamos. Por el terror que se estaba apoderando de nosotros, Martín volvió a gritarnos que corriéramos más rápido y no volteáramos, le dijo a Álvaro que en cuanto llegara a la camioneta arrancara sin esperar a nadie. No duramos corriendo ni cinco minutos cuando vimos la camioneta ya cerca, sin pensarlo Álvaro se adelantó y sacó las llaves, Marcelino lo siguió para meterse a la cabina con él, yo sin pensar en más me subí atrás en la caja, alcancé a llegar cuando Álvaro estaba arrancando la camioneta, solo faltaba Martín pero alcanzó a subirse y dio un golpe para que Álvaro comenzará a acelerar.

"Ese momento fue muy extraño y difícil de olvidar. Martín, en cuanto se subió a la camioneta se aventó sobre mí y me cubrió con su cuerpo, en susurro me dijo que cerrara los ojos y no los abriera por nada, yo traté de hacerle caso hasta que sentí que algo se subió a la caja de la camioneta y comenzó a jalar a Martín, yo solo oía sus gritos y sentía cómo se aferraba a mi cuerpo, trataba de ayudarlo pero aquello que lo jalaba era tan fuerte que me estaba dejando sin fuerzas suficientes, por más que intenté no pude sostener a Martín y esa cosa me lo arrebató, mientras se desprendía su cuerpo del mío Martín me grito que no abriera los ojos hasta llegar al pueblo y continuó gritando, en unos segundos esa cosa que se había subido a la camioneta se bajó con Martín, yo solo oía cada vez más lejos los gritos de mi amigo y sin pensarlo decidí abrir los ojos y ver qué sucedía, lo único que vi fue una mujer vestida de negro que iba caminando hacia la milpa con Martín: era la Santa Muerte. Inmediatamente cerré los ojos y comencé a llorar. Llegamos al pueblo y al bajarnos les pregunté si no habían visto nada. Álvaro y Marcelino me dijeron que algo les impedía ver pero escucharon todo. Les dije lo que había sucedido y esa noche los tres decidimos que esta historia quedaría entre nosotros y que siempre cada uno de nosotros veneraríamos a la Santa Muerte para que liberara el alma de nuestro amigo Martín y lo dejara descansar en paz. Es por eso que cada año coloco su imagen en la ofrenda, Lola, para pedirle por Martín y agradecerle a él por salvarme la vida".രു

LA SANTA MUERTE Y EL MAL DE AMORES

Belén Cisneros Juárez

María Guadalupe Descalza era una joven hermosa, inteligente y buena a quien de cariño le llamaban "Malupis".

Tenía 16 años cuando su primer novio apareció, Roberto Rendón, un muchacho fuerte y vigoroso que la hacía reír. Fueron novios tres años hasta el día que él comentó que quería pedir su mano.

Ella, entusiasmada, le contó a su hermana lo que planeaba hacer Roberto y ésta le propuso ayudar con la cena para recibir a la familia del novio. Su hermana Adela era diferente a ella, bella pero fría, con un temperamento explosivo. Mucha gente creía que Adela tenía envidia de la Malupis. Con un gesto poco agraciado se negó y se excusó para salir, alegando que había dejado un libro olvidado en casa de la vieja Conchita, una señora amargada de edad avanzada que vivía en las afueras del pueblo y de la que decían, tenía tratos con el demonio.

La Malupis estaba muy ilusionada con la idea de matrimonio que no le tomó importancia al hecho de que su hermana saliera a esa hora.

Doña Oneida, la mamá de Adela y Malupis, era una mujer ya entrada en años, viuda, pero que conservaba su buen humor a pesar de las desgracias que su esposo se había suicidado de un balazo en la cabeza y sus hijos más grandes se habían ido a vivir lejos, dejándolas completamente desprotegidas. La idea de formalizar la relación de su hija con ese buen muchacho la hacía feliz, pues tendrían la seguridad que tanto habían esperado, y a la vez triste, pues pensaba que tal vez la Malupis no era suficientemente madura para casarse. No obstante, al enterarse de la pedida de mano, apoyó a su hija y la ayudó a preparar un rico banquete.

Pronto cayó la noche y la hora llegó. Tocaron la puerta y la Malupis se apresuró a abrir. Una figura sepulcral se plantó ante sus ojos. Una sombra oscura cuyos rasgos no divisaba, solamente esa fría sensación que recorre el cuerpo por todo el espinazo. Por extraño que parezca, no tenía miedo.

La sombra habló y con su voz de ultratumba le dijo:

-Vine a advertirte, un perro ladrará tres veces antes que tu prometido venga. Cuando toque la puerta, no abras. Si lo haces él morirá, pues sobre su cabeza se cierne una maldición terrible. He venido a advertirte porque sé que eres buena y realmente lo amas. Si no quieres que muera, dile que se vaya y que no te vuelva a buscar. -La sombra pronunció estas últimas palabras antes de desaparecer en medio de la oscuridad. La joven se quedó estupefacta ante la sola idea de dejarlo ir. No podía, no debía renunciar, pero si no lo hacía, moriría.

Los minutos pasaron lentamente. La Malupis llegó a pensar que tal vez había sido una alucinación por los nervios. Pero en medio del silencio de su mente, tres ladridos cruzaron por la calle y poco después alguien tocó a la puerta. Del otro lado de ella,

Roberto esperaba impaciente con sus padres, la idea de casarse con la Malupis era grandiosa, pues de verdad se amaban. Ambos llevaban mucho tiempo platicándolo y cuando se lo comentó a sus padres, ellos se entusiasmaron también.

Pasaron los minutos y nadie abrió, impaciente volvió a tocar la puerta. Pero la Malupis no abrió. Se recargó sobre la puerta sollozando.

-¡Malupis! -gritó Roberto, -soy yo, hemos llegado, abre la puerta.

-Vete Roberto, -contestó llorando. -Vete y no vuelvas nunca.

-¿Por qué? ¿Qué ha pasado? -contestó Roberto angustiado.

-Vete Roberto, -contestó amargamente la Malupis -Vete o morirás.

Roberto retrocedió un momento incrédulo ante las palabras de la Malupis. Su padre intercedió en este momento "¿Es eso una amenaza, jovencita? Porque no toleraré que nos insultes de esa manera".

-Váyanse ya, se los suplico, por favor, váyanse y no vuelvan nunca, -gritó la Malupis desesperada.

-Esto es el colmo Roberto, ¿pero cómo se atreve? -dijo la madre de Roberto mientras jalaba a su hijo del brazo. -Vámonos cariño, esta jovencita no te merece.

Aún sin poder entender lo que había pasado, Roberto siguió a sus padres por la senda pobremente iluminada. Echó un último vistazo a la casa de su amada y vio cómo una nube negra se asentaba sobre el techo de aquella casita de tejas.

Doña Oneida encontró a su hija llorando en la puerta, a la Malupis no le quedó de otra más que contarle todo, lo de la sombra, la advertencia y lo que hizo con Roberto.

Sabia como es, doña Oneida sacó un frasco de agua bendita y lo regó en la puerta de su casa, cortó unas ramas de albahaca del jardín y sacó una botella vieja de aguardiente. Inmediatamente, regó un poco del alcohol en las hojas y comenzó a golpear con fuerza a su hija, que no dejaba de llorar, luego, puso dos huevos rojos de gallina en sus manos y comenzó a rezar dos padres nuestros, después se los pasó a su hija por todo el cuerpo y los reventó en dos vasos de vidrio con agua. La figura que formaron las yemas, matarían de susto hasta al más valiente. Unas burbujas rojas en cada yema y la clara esparcida sobre el agua, levantaba picos como cuernos.

-Ay, mija, esto solo puede ser obra del demonio, -dijo a la vez que se persignaba. —Dios nos ampare, mija, Dios nos ampare.

Esa noche la Malupis durmió intranquila. En sus sueños una mujer levantaba un cuchillo sobre un gallo y cortaba su garganta brotando de ella una gran cantidad de sangre. Sobre la mesa, tres velas negras formaban un triángulo y con la sangre del gallo escribía sobre un papel el nombre de Roberto, luego el de ella y al final clavaba el cuchillo sobre un muñeco de palma. La mujer reía enloquecidamente mientras repetía una y otra vez. "Muera Roberto Rendón, muera el infeliz que se case con María Guadalupe, mueran los hijos del hombre que intenten vencer este maleficio".

La Malupis despertó empapada en sudor, una amarga sensación recorrió su boca y su garganta. Se levantó apresuradamente de la cama y se fue al lavabo, vomitó. A la mañana siguiente, Roberto, por consejo de sus padres, triste y herido se fue a la capital para tratar de olvidar a la mujer que lo dañó.

Envidiosa, Adela le contó la noticia a la Malupis. "¿Ya supiste que Roberto se fue a la capital porque lo despreciaste? Ahora todos en el pueblo dirán que eres una maldecida, una desgracia para la familia".

La Malupis rompió a llorar, después de todo, era su culpa que su novio se fuera, desesperada y con el corazón destrozado corrió a la azotea, pensaba saltar al vacío, antes de que pudiera hacerlo, vio al cielo y preguntó:

-¿Por qué a mí? ¿Por qué no puedo ser feliz?

El cielo se oscureció, un viento gélido recorrió su cuerpo de la cabeza a los pies. Y una voz de ultratumba le dijo: "Ten fe".

María Guadalupe cerró los ojos y deseó con todo su corazón ser feliz. Pidió por su madre, por su hermana y por Roberto, donde quiera que estuviera. Pronto sintió algo cálido brotando de su pecho, una brisa fresca recorrió sus brazos. Y supo lo que tenía que hacer. Fue al centro con doña Lencha, la curandera, en el pueblo decían que era muy buena y que curaba enfermos, encontraba cosas perdidas y sacaba espíritus malignos.

Doña Lencha la invitó a pasar. Era un cuarto pequeño pero bien iluminado. La Malupis se sentó en una silla, frente a ella había bastantes imágenes de santos, crucifijos y vírgenes de Guadalupe. Pero la más interesante era la figura del centro, una

Santa Muerte con los colores del arcoiris. La Malupis la quedó mirando con mucho interés. "Es la más milagrosa mija", -le dijo doña Lencha cuando se dio cuenta de la mirada de la joven- Prométele algo bonito, una comida, unos dulces, un whiskito y verás cómo te hace el milagrito, por más difícil que sea, ella te ayuda.

-Léame las cartas, doña Lencha, por favor, -dijo la Malupis

Doña Lencha le dio las cartas para que las barajeara y las repartió. "¡Ay mija! Ora sí que te jodieron, quitarte así al novio, mira, yo te puedo curar, pero va a llevar tiempo, y necesito que me compres unas cosas, además, debes tener mucha fe. Lo bueno es que la Santa Muerte te protege mija, nunca te ha dejado sola, ella te cuida".

-Haré lo que me dice doña Lencha, -dijo la Malupis con seguridad. Y así lo hizo, compró las cosas y puso su fe en las manos de la curandera y de la Santa Muerte.

Al cabo de un tiempo la Malupis fue a casa de los padres de Roberto y se disculpó, les dijo que amaba a su hijo como a nadie en el mundo y que quería que regresara. Convencidos de la sinceridad de la Malupis, consintieron la boda y llamaron a Roberto para que regresara. Con gran alegría en el corazón, Roberto regresó y pidió su mano. Se hizo una gran fiesta en honor a los novios, con todo y la envidia de Adela que no dejaba de mirar con recelo a la pareja.

Esa noche la Malupis le contó todo a su esposo y disfrutaron juntos su noche de bodas.

Han pasado ya 5 años desde que se casaron, ahora tienen un pequeño hijo, Manuel, son muy felices. Mientras tanto, Adela sigue tratando de encontrar marido. No cabe duda que el mal que se hace, se regresa tres veces multiplicado.✍

PARA OTRA VEZ SERÁ, LINDO

Hemil García Linares

Nunca creí en supersticiones ni mucho menos en historias fantasiosas sobre aparecidos ni ridiculeces semejantes. Bueno, no creía, quiero decir, hasta hoy.

Me levanté tarde para ir a la chamba. Había dormido peor que perro pues las cervezas y la tequilita de anoche me hicieron la jugada y me ataron a la cama más de la cuenta. La cabeza me pesaba y hasta latía por ratos, creo. Casi no recordaba el sueño estúpido que tuve esta mañana. En ese remedo de sueño andaba por una colonia de esas que a veces uno debe evitar pero necesariamente transita de camino al metro Insurgentes, sobre todo en días en los que no tienes dinero para echarle gasolina a la nave y pagar las malditas tarifas del parquímetro. Para variar andaba algo pedo y fumaba un cigarro. Hacía frío y ya había oscurecido, recuerdo.

De pronto la vi de espaldas en una esquina. Era una mujer de vestido largo. No pude aguantarme las ganas de hablarle. Se me ocurrió quizás que podría invitarle unos tragos y claro, ¿por qué no?, irnos a un lugar más tranquilo. No podía saber si era bella o no porque no le veía el rostro pero no importaría aquella noche. Dicen que la diferencia entre una mujer bella y una fea son dos cervezas. ¡Cómo son de pendejos los sueños! ¿No? , yo le hablaba de espaldas y ella no volteaba a mirarme por nada. ¿Se imagina usted hablando todo el rato con alguien que no le muestra su rostro?

-¿Qué haces tan sola por aquí, mi reina?

-Espero a alguien, —dijo a secas. Fumaba un cigarro. Su voz era hosca pero tenía algo que me agradaba.

-¿A quién? -pregunté y di una chupada a mi cigarro.

-De hecho no a ti, -dijo ella. —No lo tomes a mal, -añadió.

-No, para nada. Mira que puedo ser buena compañía.

-No lo dudo, güerito, -dijo ella siempre sin mirarme.

Y allí está lo más raro del sueño. Ella me dijo güerito sin haberse dado la vuelta y mirarme. Y no me hablaba con voz desinteresada, sonaba más bien como ocupada. Como si realmente tuviese una cita ineludible. Fumaba su cigarro de lado y siempre expectante a algo que yo no podía avizorar.

Pensé muchas cosas. Que podía ser una mujer de la vida porque estaba parada en la esquina de una colonia no muy tranquila. ¿Esperaba a un novio? ¿O tal vez quería conocer a alguien y poder así tener una aventura? Decidí jugarme mi última carta y le hablé nuevamente. El frío arreciaba haciendo más triste la noche en el DF.

-¿No quieres irte conmigo para echarnos un tequila a una cantina?

-No, gracias. Para otra vez será. Paro por aquí seguido.

-Bueno, llévame contigo, -dije haciéndome el gracioso.

-De veras que hoy no. Cuídate...

-Sé cuidarme...

-Si tú lo dices. Igual te echaré un ojo. Este es mi territorio, mi colonia...

-Me llevas contigo, -insistí con la broma. Apagué la colilla del cigarro en la pared.

-No todavía. Para otra vez será, te digo. Llevo prisa, lindo.

Ella apagó su cigarro y se marchó abruptamente. Me fui en sentido opuesto y caminé un tramo algo largo hasta llegar a la avenida Insurgentes y Chapultepec para esperar el metro. Sentí al rato un sonido de metal, un claxon y después el impacto. Tienen que ser dos autos, pensé mientras caminaba. Al rato sentí una sirena de bomberos sonar. Justo allí desperté y tuve que alistarme para ir al trabajo.

La cabeza me dolió todo el día hasta salir de la chamba. La cruda a Dios gracias no se me nota en la cara. La cruda la llevo por dentro porque no puedo concentrarme, me pongo re bruto y no me queda otra que ir escondiendo papeles en el escritorio. Me pasé el pinche día demorando los trámites de los contribuyentes con las excusas típicas: tengo un problema en mi computadora, tenemos reunión en la oficina, no recibí el fax, ¿puede enviarlo de nuevo?, el licenciado tiene ya los documentos y sólo falta la firma, le llamo mañana sin falta.

Así que salí de la oficina casi a las seis y como la cruda no se me pasaba decidí tomarme una cerveza para "curarme" de la infame. Nada como una cerveza helada para relajar el cuerpo después de una borrachera. Sentí la cerveza tan buena que después me pedí una mas. Después me aventé unas tequilitas y allí mismo me fui a la chingada.

De regreso a casa andaba por una colonia de esas que a veces uno debe evitar pero necesariamente transita de camino al metro Insurgentes, sobre todo en días en los que no tienes dinero para echarle gasolina a la nave y pagar las malditas tarifas del parquímetro. Para variar andaba algo pedo y fumaba un cigarro. Hacia frío y ya había oscurecido.

¿Qué no me había ocurrido esto antes? Claro, si esto lo soné esta mañana, pensé, pero después reparé que estaba siendo paranoico porque no vi ninguna mujer de espaldas así que me sonreí. Justo cuando seguía la marcha hacia el metro, una bola de pendejos se me acercó. Eran tres. Primero pensé que era broma pero cuando me rodearon supe que sería una noche de aquellas donde nos toca perder. "la lana y tu reloj", dijo uno de ellos.

-A ver, ¡quítame el reloj! ¡Pendejo! -grité empujándolo. Quise correr.

-Ah, ¿te crees valiente, frutilla? -dijo el que tenía una cicatriz inmensa en el rostro y me metió un golpe en el estómago que me dobló y me puso en cuclillas. Intenté incorporarme pero no tenía fuerzas. Gracias a la amabilidad de unos de ellos me puse de pie para recibir un par de golpes más. Caí al pavimento como un trapo inservible.

-A ver, güerito, ¿vas seguir de necio haciéndote el valiente? . Esta vez no puse resistencia. Me quitaron el reloj y la billetera y hasta los zapatos así a la brava.

-Ahora el tiro de gracia- dijo uno y puso una pistola en mi frente y sonrió. "BUM", gritó en mis oídos. Cerré mis ojos y no sé por qué vino a mi mente la imagen de la mujer de mi sueño.

-Dispárale, -ordenó uno de ellos.

-No todavía. Para otra vez será, -dijo el otro.

-Ni vayas a la policía porque podemos encontrarte, -amenazó el de la cicatriz. Me pateo en plena espalda y después se perdieron al final de una calle.

Me fui caminando, sangraba por la boca creo. Sentía un chorro caliente colgándome de la jeta. Me limpié como pude. Paré un taxi. Menos mal que el taxista me llevó pese a lucir como pordiosero. Le dije que me habían asaltado y no hizo mayor comentario. Al llegar a casa le pedí que me espere un minuto. "sin trucos que conozco esta colonia", me advirtió el taxista. Subí a mi departamento para buscar dinero entre mis ropas y le pagué. Subí las escaleras de regreso al departamento. Me lavé la cara. No me han masacrado tanto, pensé. Pudieron haberme matado, que es peor. Tome una bebida caliente y prendí la tele para ver cómo habían quedado las Chivas frente al Necaxa. Ya había empezado el noticiero y para variar transas y accidentes de tránsito eran los titulares. Qué curioso, justo por la colonia donde había estado al menos unas horas atrás ocurrió un accidente de tránsito. Un camión había chocado contra un Volkswagen que había sido robado a un taxista. Sus tres ocupantes habían muerto en el acto. Llevaban consigo una cantidad regular de dinero y varios relojes, según la policía, robados.

Uno de los fallecidos había sido identificado porque llevaba una enorme cicatriz en el rostro.ଔ

LA SEÑORA

Eduardo Jorge Arcuri

La sospecha de la existencia de la Santa Muerte, puede estar confirmada en este relato que es más real que fantástico. De ello doy fe, porque la aparición se produjo cuando estuve internado en terapia intensiva del hospital municipal.

Aquella vez desperté sobresaltado cuando sentí que mi camilla hospitalaria se sacudió desplazándose sobre sus ruedas; fue un movimiento tosco, como si alguien se hubiera apoyado a los pies de mi lecho. Continuaba entre-dormido por los psicofármacos que me suministraban los médicos de guardia. Con la mirada turbia y desenfocada apenas pude dominar visualmente los espacios que me circundaban dentro de la unidad de cuidados intensivos, donde me debatía casi agónico y vencido.

Recuerdo una serie de alineadas camas cromadas con barandas laterales que contenían bultos irreconocibles, que en ese momento me parecieron sin rostros, de los que brotaban tubos y cables que los conectaban a centinelas mecánicos en su derredor. Los equipos electrónicos mantenían un extraño diálogo por medio de luminosos destellos y fluctuantes números digitales, acompasados por angustiosos "bips" y el seseo del respirador artificial.

A través del límite vidriado de la enfermería, pude ver entre párpados pesados, el redondo reloj con sus agujas negras que se mantenía expectante sobre la pared: Marcaban las tres y media.

Sospeché que debía ser de madrugada, porque no había más que alguna enfermera urdiendo su guardia silenciosa entre las numerosas camas. Todo lo demás eran penumbras dentro de un ambiente apenas iluminado por difusos artefactos fluorescentes. El entorno fantasmal estaba cargado de olores y quejidos desagradables. Todo se parecía más a una cámara de torturas en la que me debatía junto a otros condenados a sobrevivir, con el riesgo inminente de perder la poca vida que me quedaba.

Los dolores causados por la inmovilidad de la cuadriplejia, las escaras y el infarto agudo de miocardio, me hacían sentir una profunda humildad, una paz interior tan impensada que me convertía en el hombre calmo y reflexivo que no recordaba haber sido jamás; quizás por eso fue que, finalmente, aceptara con resignación que alguien me hubiera despertado de modo tan intempestivo.

Con los ojos apenas entreabiertos, alcancé a ver a la responsable de semejante torpeza, era una anciana de apariencia bondadosa que se había apoyado sobre el borde, casi dándome la espalda en una actitud distraída. Indudablemente, tan sólo quería descansar sus piernas mientras esperaba que algo ocurriera. Al menos eso fue lo que supuse.

Su porte achacoso, totalmente vestida de luto y un largo pañuelo negro atado sobre la cabeza, me permitieron ver sólo su perfil huesudo y pálido.

La espalda encorvada y las manos entrelazadas sobre las rodillas sosteniendo una rosa blanca, le daban una estampa funesta en su postura vencida por los años.

Aquella imagen borrosa insinuaba una nariz chata en un rostro macilento y arrugado, por eso esperaba que en algún momento se diera vuelta, de ese modo, trataría de hacerle notar que no me molestaba su presencia, pero sí que me hubiera interrumpido el sueño que tanto me costaba conciliar.

No lo hizo, siguió sentada, ajena a mi intención de reproche, en silencio y expectante; como si estuviera imbuida en la reflexión de su secreto dilema.

Durante aquellos instantes tuve oportunidad de comprender mi egoísmo; después de todo, a la pobre mujer se la notaba lánguida, vestida como una típica viuda de postguerra que también perdió a sus hijos en combate. Su atuendo negro era típico de una campesina napolitana o gallega.

Si bien no la conocía, su apariencia me resultó familiar. Tal vez supuse haberla visto antes en alguna fotografía en blanco y negro exhibida por Luis Raota.

Quizás fue por la posición de su figura sombría que sentí pena por ella, me solidaricé con su supuesto dolor y ya no pensé en reprocharle nada.

Su aspecto la eximía de todo reclamo. La percibí amigablemente familiar. Tan silenciosa y pasiva que hasta comencé a sentir un dulce afecto por ella mientras la contemplaba.

Reconocí que su intención no debió haber sido la de molestarme; tan sólo se había sentado en el borde de mi cama porque le quedaba en su camino y estaría cansada. Sin dudas yo no le importaba y continuó ajena a mi existencia.

¿Esperaría el informe médico de algún pariente?... Pero... ¿a esa hora?

Serían las tres y media de la tarde... ¿o de la madrugada?

No sé en qué momento dejé de prestarle atención y me dormí. Al despertar nuevamente por la actividad ruidosa de los médicos y enfermeras dentro de la sala, comprendí que había llegado la mañana.

El reloj de la enfermería marcaba las ocho y veinte. Miré a mi alrededor; la señora ya no estaba.... Tampoco pude preguntarle nada a la enfermera que terminaba de tender la cama vacía de donde faltaba aquella chiquilina adolescente que sin casco, se había destrozado la cabeza contra la acera cuando se cayó de la moto con el novio, mientras escapaban de la policía.

Después, supe que la muchachita había muerto silenciosa y desapercibida a las tres y media de la mañana.

Recién entonces comprendí de dónde recordaba su vetusta imagen. Aquella señora, rescatada desde lo más profundo de mis lecturas, debió ser la Santa Muerte, encargada de cortar el hilo de la vida.

Al instante supe de la extraña percepción que los enfermos terminales tenemos de la muerte. Pero no pude decir nada, porque el respirador y mi parálisis no me dejaron; al menos aquella vez, ella no había venido por mí.CR

MICTLANTECUHTLI

Erik Michel Morrison Loaiza

Muchas veces deseo acurrucarme adentro del umbral, sentir aquel calor del no-nacido y vivir en la inocencia de la circunstancia. Pero por mientras, adentro de esta copita me es suficiente. Me complace mirar en cámara lenta el entorno que me cobija, quedarme en un estatismo de discordia y paralizado en un éxtasis instantáneo que poco a poco la tuerca del cerebro afloja.

Saboreo la bebida y mientras me fumo un cigarrillo aquella sombra -sobre la pared de la cantina- comienza a coagularse peculiarmente. Los segundos trascienden como agua derramada entre mis dedos, tan solo moja pero no me inquieta. Mi piel se va cuarteando, minuto tras minuto y marcha hacia el envejecimiento mientras permanezco acurrucado debajo de esta piel, de esta copita y de aquel umbral de insignificancia.

El sonido del tic-toc avanza en el interior de la cantina, en medio de un silencio acogedor, familiar y agradable, lo cual incita a cualquier bohemio a empinar el codo, tenderse sobre la mesa y entregarse al aposento de reflexión.

En aquellos momentos desdoblaba mi ser y ahondaba inquietamente en el interior de la pequeña habitación junto a la luz tenue que abarca la totalidad de la cantina y el humo del cigarrillo. No pudiera comentar acerca de la hora, tan sólo pudiese describir el sonido transitorio del tic-toc y la profundidad del silencio que en su manto me cubría. Tampoco pudiese afirmar que fuese el lugar mismo, la bebida o el foco tenue que derretía aquella división entre lo racional y lo absurdo. Al igual, tampoco pudiese negar que fuera, tal vez, el romanticismo del momento que resonaba como eco, rebotando desde el lugar donde permanecía sentado hacia la sombra formándose sobre los ladrillos de la pared.

Mi mente, en ese momento, difería drásticamente con los minutos antes de llegar a la cantina, cuando mis pies deambulaban por las calles de Tijuana, cargando mi garganta sedienta y mi corazón melancólico.

Descendía por la calle novena, pasando de banqueta a banqueta, cruzando la calle ocho, séptima y sexta. Llegué hacia la Plaza Santa Cecilia con la idea clara que deseaba instalarme sobre una silla, una copita, sentir mis codos sobre la mesa y la palma de mi mano sobre el cachete. Así podía regocijarme en la incoherencia de existir y buscar aquel calor del no nacido, ubicado en lo sublime de la noche.

Poco después, mis dedos acariciaban el filo de la copa e introducía la vaguedad de la mirada hacia el vacío. Tal vez buscando un refugio para entregarme a la soledad, entregarme a la inmortalidad de mi ser o simplemente entregarme a la inquietud aberrante de querer conversar con aquella sombra sobre la pared.

-Oye tú, Dama Delgada, le decía. Estirona, contesta. Aquella sombra pareciera que a cada suspiro mío sus extremidades cobraban forma. -¿Acaso Hilacha te resulta de más agrado? Oye Chiripa, Matadora, ¿acaso no eres la Fregadora? No creo, ya que eres tú mi Comadre, mis Patas de Ixtle. Si tuviese una rosa te la diera, sí, a ti Doña Huesos, mi Chinita, mi Flaca del mas allá. Aquí te invito a una copita, yo pago, pero ven a sentarte conmigo Me pregunto acerca de tu ropaje. Tus vagancias, tus andares, tus roces y tus pesares. ¿Acaso tendrás deseos, Doña Osamenta?

Muchas preguntas llegaban a la mente, en momentos de cuestionarme el provenir de La Pelleja. El asombro, por supuesto, un ingrediente clave de mi conciencia en momentos que mi garganta diluía el liquido que como cascada salía de la copita.

El cenicero permanecía digiriendo mi cigarrillo que aún no fumaba. Tenía rato de haber prendido el cigarrillo, tan sólo le había dado unos cuantos suplidos y lo dejaba de nuevo entre las rendijas del cenicero. ¿Acaso a La Cabezona le gusta fumarse de vez en cuando un cigarrillo? Aunque me parece que ella fuma con estilo, la pipa de seguro, tabaco oscuro. De seguro, también, no se ha de cansar de filosofar y hablar de estupideces. Pero estupidez de mi parte cuestionarme tales inquietudes arrogantes e infantiles.

¿Con qué palabras yo he de disculparme con La Curamada? Entregarle mi ovación y respeto es lo que me resta por decir. He con ella la modestia del ser humano, la franqueza de existir y la ternura de entregarle a La Enlutada mi pasado y presente, dejándola a ella escoger el rumbo a seguir de mi futuro. Cada recuerdo, tal vez, se disuelve entre su pecho, y la sorpresa su llave en el bolsillo, esperando a que yo la pida.

No pasó mucho tiempo, cuando de pronto, el papel arroz del cigarrillo prendía de nuevo. No eran mis labios que chupaban el papel arroz o mis pulmones que albergaran su humo.

Sentada sobre la silla de madera ubicada en el otro extremo de la mesa, La Huesos le daba una fumada a mi cigarro, con aquellos dedos largos y dientes que formaban, sobre su boca, una risa permanente y sublime. Una vela prendía en el medio, iluminando su sustancia y su folklore, su mirada oscura y profunda tatuaban su presencia sobre mi pupila, su mirada abismal pero relajante causaban que mi piel se enchinara, mis músculos adormecieran y que mi cuerpo flotara alrededor de su pedestal. Quedé pasmado, claro, dejándola fumarse mi cigarrillo, que por cierto, era el penúltimo que me quedaba.

-¿Sabes que me debes un cigarrillo verdad? Le dije. La Huesos, con cierto asombro y juguetona me respondió:

-Claro, pero dame un traguito de aquello. ¿Qué tomas?

-Pulque, le dije, fuerte y delicioso. Deseaba sentir al maguey en mis entrañas y sentir la mirada del búho a mi costado. ¿Quieres?, le pregunté, con una confianza que no había sentido ni con mis mas cercanos amigos. Alargó su brazo, delgado pero fino, sujetando la copita de vidrio con sus dedos. Cada dedo, al tocar el vidrio de la copita, sonaba como la campana de la catedral antigua, timbrando hacia la lejanía. Sujetó la copita y la acerco hacia su boca, prosiguió diciendo:

-Me agrada el pulque, me agrada observar el alba y el ocaso; caminar sobre el desierto, correr a un lado de la lagartija y perderme entre montañas y árboles. Pero no me agrada la apatía del humano ante aquello, su indiferencia me conmueve y lo irónico es que los cabrones me lloran al decirles que termina. Tienen tiempo y prefieren contar en reverso las manecillas del reloj.

-¿Medio jodido no?, le pregunté.

-Bastante jodido, me decía. Se me vienen las palabras de Mario Benedetti que dice, "no te quedes inmóvil al medio del camino".

-Claro, le contesté, no te quedes sin asombro. Qué cosas, la Santa es toda una poeta, nunca me hubiese imaginado que una frase de Mario saliera de tu boca huesuda. No dejo de asombrarme, de maravillarme por tenerte aquí a mi lado.

-No te maravilles por eso pues siempre me tienes a tu lado, pero ni cuenta te das. Asómbrate de tener a la vida fugazmente de tu lado, ya que luego me tendrás por siempre, así como estamos, tomandonos una copita de pulque y brindando por lo que fue la vida.

"En la madre -pensé-, chingado, medio jodido pensar aquello". Sonrío con picardía y se bebió lo último que restaba del pulque. Gritó luego:

-Cantinero, otra copa de pulque para mi amigo. El cantinero nos sirvió la otra copa y sacó de su bolsillo un paquete de fósforos para prender el cigarrillo que hace tiempo mantenía yo entre mis labios. Sentí aquel humo del cigarro entrar a mis pulmones y el papel arroz entre mis labios, mientras la Santa le daba otro trago a la bebida para luego colocar la copa frente a mí y decirme:

-Salud amigo, dale un trago y brindemos por la vida.

Y así lo hice.

NOCHES DE RONDA, PASIÓN Y DESTINO

Adriana Castellanos López

Atravesando sus largos 11 pasillos, salió del Mercado Sonora cargada de flores de santa maría, ruda, clavo de olor, polvos de almizcle, oro y azufre, palo vencedor, de destrancadera y yo puedo más que tú. En un refugio adornado con claveles rojos, plátanos dominicos y una cruz de ocote, se apresuró a asear concienzudamente con agua de siete iglesias, mientras encendía un cigarro que se extinguía en cenicero nuevo sobre una mesa de mantel enarbolado. Salpicando agua en cada esquina y dando un chupete de vez en vez a la colilla, recitaba acompasadamente: *"irradia con tu destello de plata las nubes negras, lanza con tu aliento el germen del mal Santo Espíritu del Final"*. Sutilmente desvistió su fisonomía, con manos pulcras encendió una veladora teñida de carmín y mientras observaba fijamente el ardor de su flama, con movimientos elegantes y suaves paseaba el fuego purificador desde lo más cercano al cielo hasta lo más bajo en la tierra, cubriendo toda la extensión de su desnudez, como si limpiara una delicada prenda de hilos de seda y entre frescas rosas blancas y rojas rezaba con explícita convicción: *"que a través de esta flama sagrada purifique mi cuerpo de toda salación y maldición"*.

La miel de amarre escurrida anteriormente sobre la candela, lamía pegajosamente su silueta y dejaba impregnadas las letras previamente marcadas en la dócil cera con una púa de maguey. Apenas si tocaba el único distintivo de plata que con su figura colgaba a nivel del corazón, protegiéndose recelosamente del toque de extraños y que sólo el día 9 de cada mes sale de su escondite para un baño de pureza con loción y toalla blanca.

Un eco decidido que salía de su garganta proclamaba: *"En nombre del Padre del Hijo y del Espíritu Santo, inmaculado ser de luz, te imploro me concedas los favores que te pida, hasta el último día, hora y momento en que su Divina Majestad ordene llevarme ante su presencia."*

Junto a una copa de tequila y una cerveza oscura colocó la veladora que ardió por nueve horas más, acompañando el humo del puro que nublaba su rostro. En tinta roja sobre pergamino virgen trazó apasionantes palabras: *"evita toda mala presencia ahuyenta al traidor y acerca el amor"*, acompañadas de deseos inconfesables y con una estampa de la Santita al centro, enrollo el pliego envolviéndolo con listón escarlata. En un frasco cristalino terminó el envoltorio cubierto de miel de unión e invocando *"a su espíritu a que piense en mi día y noche, que no tenga intenciones amorosas con nadie. Y así como yo endulzo con esta miel, quiero que venga rendido a mis pies"*.

Ya entrada la noche, cuando los espíritus descansan, terminaba su faena. Cubrió su cuerpo con una túnica roja y salió a la oscuridad de la ciudad. Detrás de ella quedaba el aroma de las rosas y el copal concentrado en pajuelas de incienso enardecido y mientras salía, a su paso regaba restos de agua dejando huella evaporable de su afanosa ceremonia, que por su enigmático sacramento ha de hacerse oculto de miradas insensatas que confundan su sagrado ritual con una mezcla del santoral católico, santería, tributos a la Virgen del Carmen: Oyá, la Señora de los Panteones.

Encubierta por la oscuridad pero sin miedo al riesgo de toparse con delincuentes que en ella buscarán consuelo, caminó por largos pasajes citadinos, entre laberintos y purgatorios por donde sólo transitan personajes de alto riesgo que hace tiempo dejaron de temblar ante las amenazas de la existencia.

Lo legal e ilegal se confundía a su paso por enmarañados barrios hijos de la crisis y el caos, o los acaudalados fraccionamientos paridos por la desigualdad que lo mismo son en Hidalgo, México, Guerrero, Veracruz, Tamaulipas, Campeche, Morelos, Nuevo León, Chihuahua, Tamaulipas o el DF, donde la Muerte se ha convertido en un artículo de consumo como remedio para curar el miedo de los que se la rifan en la cuerda floja.

Llegando a la Colonia Morelos comienza a sentirse en su hogar, las ocho calles de realismo grotesco en el centro histórico del DF, que tuvieron a bien nombrar Tepito, son su reino, símbolo de la raza y el lugar donde su rito preliminar cobrará vida. Barrio obstinado en pie de lucha y sin reposo por la sobrevivencia urbana que no le tiene miedo a la muerte, sino a la vida y tiene en la Santa Muerte, máxima deidad de la crisis, quien lo ayude, lo cuide y lo proteja.

Pasando por Jesús Carranza, donde hay que estar siempre al tiro, las paredes se cubren con su imagen, paso a paso va dominando el panorama artístico de la realidad y ocupando el vacío que dejaron sus comadres La Llorona, nuestro fantasma nacional, la mujer virgen Tonantzin y la dualidad reinante del inframundo azteca Mictlantecuhtli y Mictlantezihuatl.

Dos cuadras adelante se topa con la vía Rivero donde dobla a la izquierda y cruza por Tenochtitlán, de ahí en adelante cualquiera que transite su mismo camino será un miembro más de la familia y con respeto la miran atravesar por el asfalto. Nada más real que su silueta de la chiquita reinando en su imperio que se extiende más allá de sus límites geográficos hasta la personalidad y el estado mental de sus devotos, que desde hace tiempo abandonaron el Ave María, pues mientras la Virgen de Guadalupe continúa haciendo milagros a cambio de horas de rezos, la Santa

Muerte hace paros inmediatos y favores insospechados, siempre y cuando se le cumpla lo que se promete.

Estando cerca al cruce con la Avenida del Trabajo o mejor conocida como el Eje 1 Oriente se comienza a percibir el olor a jabón de la Santa Muerte, aceite de Corderito Manso y 7 Machos. Tres pasos más y le sale al paso una figura masculina grande y oscura que se confunde en la penumbra de la noche, sobre el pecho carga ojo de tigre, alumbre y piedra de coyote.

Con paso atinado el macho se apresura a la conquista y al verla bajo la farola recita estremecido: *"Santísima Muerte de mi adoración, no me desampares de tu protección"*.

El vapor de los ungüentos con que solemnemente cubrió toda su figura, ahora emanan por cada poro y pronto tienen enloquecido al viril espécimen que bajo el candil de una esquina del barrio bravo no puede sino adorarla, desde ahora la acariciará, la vestirá de fiesta y la sacará a pasear para echarse un tequila juntos mientras le canta, dormirá con ella y será su amor permanente, a cambio él tendrá su lugar como uno de sus juguetes favoritos.

Con una mirada fugitiva, su eterno enamorado pudo atravesar su capucha y entrever en medio de la alegría de haber encontrado cariño y compañía, la marca de la fatiga por el trabajo triste y penoso que le espera. *"La Muerte es justa y pareja para todos pues todos vamos a morir"*.

Tomada de la mano de su cautivado acompañante llega a alfarería N. 12, su delgada mano abre la puerta y retira la rosa blanca que en su ausencia atendía sus compromisos, tomó su balanza, su guadaña y ocupó de nuevo su trono. En el reloj de arena sólo habían transcurrido unas horas y con nostalgia observó el pequeño mundo en su regazo del que tomaba almas para acompañarla a su territorio.

La Niña Blanca vuelve a su santuario con un nuevo acompañante cada noche primera de mes, donde la espera la devoción callejera que la colma de regalos; niños que le ofrecen chicles y juguetes, jóvenes que la rodean de flores y los más mayorcitos que la obsequian con licores, alhajas y música de mariachi. Su antes desairada imagen siniestra, y dolorosa y es ahora la patrona del mundo terrenal, lista para guiar la existencia humana a trascender en sus dominios.cs

TESTIMONIOS DEL ABUELO

Fernando Rivas Castillo

Mi nieto me preguntó ayer:

—Abuelo, ¿y esa calavera vestida de señora que tienes en tu habitación quien es?

—Es la Santa Muerte, la que siempre que le pedimos algo nos lo concede, se puede decir que es milagrosa, te voy a contar unas anécdotas de lo que pasó por esta campiña para que tengas una idea.

Hace algunos años, un compadre mío llamado Nicanor, se encontraba cuidando el ganado, recuerdo muy bien esa tarde, el cielo estaba encapotado, los relámpagos comenzaban a surcar el cielo y las nubes eran muy negras.

Nicanor se resguardó en una pequeña cueva para cubrirse de la lluvia que comenzaba.

Los relámpagos iluminaban la cueva, la esclava de oro que llevaba en la mano Nicanor brillaba por cada relámpago, esa esclava la había heredado de su padre y era su único lujo, mismo que algún día sería de mi ahijado José.

Al amanecer y desaparecer la tormenta, Nicanor no regresó a su casa, mi comadre Julia, toda angustiada me fue a ver para que saliera a caballo en busca de mi compadre.

No tardó y lo encontré muerto a la entrada de la cueva, lo había picado una víbora, claramente se notaban los pequeños orificios en medio de círculos rojizos, pero había una cosa rara, la mano donde tenía la esclava de oro, estaba separada del cuerpo, se la habían cortado para quitarle el objeto tan valioso, por el veneno ya estaba muy hinchada.

Avisé a los compañeros del pueblo y fuimos en busca del cadáver de mi compadre para darle sepultura, nadie quiso agarrar la mano y se quedó en la cueva.

La autoridades sabían que una culebra lo mató, pero ignoraban quien le había cortado la mano para quedarse con la esclava de oro.

Las señoras del poblado, después del entierro, fueron a la capilla de la Santa Muerte, a pedir por el alma de Nicanor y al mismo tiempo le suplicaron que castigue al que le robo la esclava.

Al tercer día, se armó un clamor entre los habitantes, un maleante muy conocido en el pueblo estaba pegando de gritos pidiendo ayuda ¡estaba ciego!

A fin de que lo socorrieran, confesó que él encontró a Nicanor ya muerto, y en ese instante vio que una gran culebra de cascabel se escondía en la cueva, fue cuando le entró la ambición y con un tajo de machete le cortó la mano a Nicanor para robarle el pulso.

A los tres días por curiosidad pasó por la cueva y entró, ahí estaba la mano negra muy hinchada, fue cuando por curiosidad le clavó la punta de su machete y en ese instante saltó el veneno purulento y le cayó en los ojos dejándolo ciego para siempre.

Como verás, La santa Muerte castigó al que le quitó la mano a mi compadre Nicanor.

Un día, en el pueblo vecino conocido como "Los nopales" a los habitantes les cayó una enfermedad muy rara, el médico del pueblo no sabía que pasaba, a los niños en edad escolar les salían unas horribles manchas rojizas.

A la directora de la primaria, a quien de cariño le decían maestra Jovita, era ferviente adoradora de la Santa Muerte, al ver que sus alumnos no se curaban, convocó a una junta a los padres de familia y se acordó colocar en un rincón de la cancha deportiva una imagen de la Santa Muerte para pedirle que desaparezca la rara enfermedad que tenían los alumnos.

No habían pasado tres días de oraciones, cuando por arte de magia los alumnos quedaron bien y la fe en la Santa Muerte creció en el pueblo.

Al llegar al poblado el inspector escolar, se fijó en el pequeño altar de la Santa Señora lleno de flores, de inmediato le pidió al conserje que retirara todo, luego le llamó la atención a las maestras sobre los cultos y ellas alegaron que la imagen no se encontraba dentro de la escuela, pero fue inútil, quedó en reportarlas a las autoridades educativas.

Esa tarde muy enojado el inspector se despidió, pero no llegó a su destino, en una curva derrapó su automóvil y falleció.

Los padres de familia de inmediato pensaron que la Santa Muerte se lo había llevado por quitar su altar.

En otra ocasión, había un joven llamado Jacinto, que desde los 13 años de edad comenzó a oler cemento y tíner, siempre se le veía con otro compañero llamado Samuel cerca del basurero del mercado, visiblemente drogados, los padres de estos jóvenes constantemente con ayuda de los familiares los cargaban y los llevaban a sus humildes chozas.

Pero todo era inútil, el vicio estaba muy arraigado, al pasar el tiempo se supo que fueron enganchados por un distribuidor de cocaína para que vendiesen la droga cerca de las escuelas.

A partir de ahí ya no aspiraban cemento, se volvieron adictos a la coca, sus padres desesperados, al no saber que hacer, los denunciaron a las autoridades y fuero recluidos en un centro de readaptación social.

Por la madrugada un custodio los dejaba salir para que robasen y antes del amanecer regresaban con el botín a cambio de un poco de coca.

Una noche que trataban de robarle a un taxista, este se defendió y mató a Samuel, Jacinto regresó con el custodio y le explicó lo que había pasado, no tardó en que las autoridades investigaran y el custodio fue encarcelado, Jacinto por su edad se quedó en la correccional.

Sus padres desesperados comenzaron a rezarle a la Santa Muerte para que salvase a Jacinto de las garras de la droga, sus ruegos fueron escuchados, el joven comenzó a cambiar poco a poco hasta el grado de comenzar a estudiar en el reclusorio.

Al pasar el tiempo aprendió la mecánica, cuando logró su libertad por su buen comportamiento entró a trabajar a un taller mecánico, al principio como ayudante, a los dos años puso su propio taller, se casó, y todos los malos recuerdos quedaron atrás.

Actualmente sus padres viven en su casa cuidando a los nietos, y no dejan de darle gracias a la Santa Señora por haber salvado a Jacinto de las garras del vicio.

Si algún día mí querido nieto, pasas por el pueblo de San Nicolás, pregunta por donde está el taller mecánico de Jacinto y notará un enorme altar y la figura llena de flores de la Santa Muerte.

A don Felipe, el que vende en el mercado de verduras, le fueron avisar que su hija de 8 años la habían atropellado al salir de la escuela, don Felipe dejó todo y corrió al hospital, los médicos le informaron que no podían hacer nada por su hija, ya que estaba muy grave y sólo un milagro la podía salvar.

Don Felipe, fiel creyente de la Santa Muerte, ya que la tenía en un santuario en su casa y también en su puesto de verduras, fue corriendo junto con su esposa Candita a su domicilio, los dos se hincaron ante la gran Señora y le pidieron por la salud de su hija, cuando retornaron al hospital, el médico les dijo que algo milagroso había pasado, la niña se estaba recuperando, con lágrimas en los ojos le contaron al doctor que esa mejoría se debía a los ruegos a la Santa Muerte, por la tarde, al ver que la niña seguía recuperándose compraron flores y velas para prender en el altar dedicado a la gran Señora y darle gracias por el favor recibido.

Tiempo después cuentan que un cortocircuito incendió por la madrugada el mercado donde tenía su puesto don Felipe, la fe creció entre el gremio de vendedores al ver que el altar que le habían hecho a la Santa Muerte, quedó intacto, la llamas no le llegaron, esa fue una prueba para sus devotos.

Actualmente ya tienen destinado un día al año para rendirle un homenaje, donde cargan a la imagen y le dan la vuelta por el pueblo acompañados de músicos y petardos.

Por último mi querido nieto, te diré algo que sucedió en la casa grande del dueño de la hacienda quien se llamaba Isidro, este señor estaba casado con doña Dolores Malpica, tenían tres hijos, un varoncito y dos niñas, cada vez que don Isidro llegaba ebrio les caía a golpes, a los sirvientes de la hacienda constantemente les daba de latigazos y por otra parte abusaba de las hijas de sus servidores.

Todos lo odiaban y le temían, él ponía y quitaba a las autoridades del pueblo, un día que llegó borracho, encerró a sus hijos en un cuarto de la hacienda, luego le quiso pegar a su mujer pero esta corrió y se escondió en la choza de su compadre Nicolás que distaba a un kilómetro, esa fatídica noche, sin saber lo que hacía gritaba como loco, ¡Dolores no te escondas! Si no apareces ahora mato a tus hijos, al escuchar esas palabras los fieles sirvientes que temían lo peor, huyeron de la hacienda.

Al día siguiente que doña Dolores regresó, encontró a su esposo tirado en el piso durmiendo la borrachera y con la ropa ensangrentada, angustiada buscó a sus hijos y los encontró sin vida.

Cuentan que los sirvientes, que a partir de ahí, todas las noches se escuchaba el llanto de los niños, doña Dolores se refugió en su habitación donde había un altar a la Santa Muerte y todo el tiempo le suplicaba que castigase a su esposo y que sus hijos descansaran en paz,

Aseguran los sirvientes que por los pasillos de la hacienda veían al caer la tarde a la Santa Muerte que parecía flotar y desaparecía al entrar al cuarto de Don Isidro, este señor comenzaba a gritar en ese instante, el pelo se le quedó totalmente blanco, gritaba pidiendo perdón, había dejado de tomar.

Un día apareció ahorcado, dicen que no soportaba las visitas de la Santa Muerte que al fin se lo llevó, a partir de ahí, jamás se volvió a escuchar el llanto de los niños.

Al pasar los años unos extranjeros compraron y convirtieron la hacienda en un hotel, algunos huéspedes aseguran haber visto por los pasillos flotar una sombra parecida a la gran Señora. ❧

ELLA FUE MI GUÍA

María Elena Solórzano

Fui al mercado de mi barrio a realizar algunas compras, me detuve en el puesto del yerbero para comprar manzanilla, me llamó mucho la atención una efigie de la muerte vestida de negro con guadaña en mano, pregunté sobre la extraña figura que nunca antes había visto. "Es la Santa Muerte", me dijo el joven que atendía el negocio. "Es muy milagrosa, mucha gente le tiene devoción y dicen que cuando se le piden favores con fe los concede". Me impresionó mucho esa representación de la muerte y no la podía borrar de mi memoria. Pasaron los días y olvidé el asunto.

Fui al médico, pues sentía algunos malestares, nada del otro mundo, otra vez estaba encinta Era mi tercer embarazo, el parto se desarrolló normalmente, tejí muchas prendas hermosas para mi bebé, confeccioné un hermoso moisés con encajes y algodón. El velo que cubriría la cuna cuando estuviera más grandecito estaba listo. Lo esperaba con mucho amor. Llegó el día del parto y mi esposo me llevó a un hospital del ISSSTE y de ahí me enviaron a un pequeño hospital en la colonia Chapultepec Morales. El trabajo de parto empezó a las 8:00 y a las 15:00 nació mi bebé en un parto natural y sin anestesia. El doctor me felicitó por mi buena cooperación para el alumbramiento, me acercó al bebé, para mí era el más hermoso del mundo, mi hijo.

Salimos del hospital hacia nuestro modesto hogar en una colonia del norte del D.F., donde nos esperaban otros dos angelitos de 2 y 3 años. Me dedicaba totalmente a atender a los pequeños. Todo transcurría con normalidad. Pero Lalito recién nacido empezó a llorar con demasiada frecuencia, lo desvestía y revisaba y no encontraba nada anormal.

Esa noche me dormí profundamente pues llevaba varias desveladas por el llanto constante del niño. Me soñé frente a la Santa Muerte, yo le pedía que por favor me ayudara, que muchos no la amaban y algunos hasta la maldecían, sin embargo yo comprendía que la muerte engendra vida y que gracias a ella hay un equilibrio en el planeta, si todos los seres vivos permanecieran eternamente llegaría el momento en que no quedaría ni un centímetro de suelo desocupado, el caos. Para muchos la llegada de la muerte es la liberación del sufrimiento provocado por una enfermedad incurable como el cáncer. La buena tierra, está compuesta de materia en descomposición formada por los múltiples cadáveres de plantas y animales y son sus jugos los que nos darán frutos dorados y dulces.

Santa Muerte, le dije, si mi hijo no es de este mundo, lo acepto, aunque quede con el corazón destrozado, pero si está destinado para vivir, ayúdame a descubrir su dolencia, que sane y sea un niño feliz. Enseguida apareció un hombre vestido de blanco con una cruz roja en el pecho, sus facciones se me grabaron de tal forma que al despertar las recordaba con una nitidez asombrosa, como si lo acabara de mirar.

Amanecía, el llanto de mi pequeño me sobresaltó, era más doliente e intenso. Lo tomé en brazos y proseguí a cambiarle sus ropas y pañales. Lo observé desnudito y en la ingle tenía una especie de bola enrojecida. Llamé a mi esposo para que lo mirara y también se alarmó, llamó al pediatra que siempre consultábamos y nos dijo que nos esperaba a las 8:00. Llevamos al bebito y nos dijo: "El niño tiene una hernia inguinal, se le está ahorcando y es necesario una operación hoy mismo, pueden llevarlo al hospital que les corresponde o si prefieren yo conozco un cirujano especialista en niños, trabaja en un sanatorio privado, pero yo los recomendaría y él les cobraría la mitad."

Le pedimos al doctor cinco minutos para ponernos de acuerdo, desde el primer momento me incliné por el médico que nos recomendaba. Así se lo comunicamos, llamó a su colega, le consultó el caso y le preguntó: "¿a qué hora los puede recibir?" Nos dio una tarjeta con su firma. A las cinco de la tarde llegamos al hospital. Cuando entramos al consultorio del cirujano me quedé muda, era igual al hombre vestido de blanco que había visto en mi sueño, con la cruz en el pecho y el mismo rostro, sólo cambiaba la cruz que pendía de una cadenita de oro y era pequeña, una gran paz me inundó, sabía que mi hijo saldría muy bien de la operación aunque contara apenas con un mes de nacido.

Lo prepararon para entrar al quirófano, la operación se inició a las diez de la noche, a las doce salió el galeno para darnos la buena noticia, la intervención se había realizado sin complicaciones y el niño llevaría una vida sana y normal. Lalo creció juguetón e inteligente. Un día miró la pequeña cicatriz de la ingle y preguntó con curiosidad: "¿Mamá, por qué tengo esta cicatriz?" Le conté lo de su operación y con énfasis exclamé: "El doctor te salvó la vida con la intercesión de la Santa Muerte".ᇲ

VOCES PERDIDAS EN EL TIEMPO

Salvador Sáenz

Para Lizi

Me veo sentado, con los ojos cerrados, en el patio de Alba, en esa noche ardiente y funesta cuando comenzó todo. Voy escapándome lentamente de un sueño ligero pero profundo, como agujero negro, que intenta succionar la poca lucidez de mis sentidos. Luego surgen ellos, los otros, impasibles, aletargados; irrumpen nuestra calma con un propósito siniestro: eran, no me cabe duda ya, los mensajeros de la desgracia... Así comienza mi historia, comandante. La historia absurda y mariguana que desemboca justo aquí, en este momento, donde usted nos interroga en una de las celdas más lúgubres de la Corporación, para tratar de resolver el caso que le han encomendado: El intento de asesinato de Mario Gabriel Cantú.

No piense que estoy tratando de ayudar a mi amigo, el principal sospechoso, sólo porque también trabajo como usted en la Corporación. No. Es más, si tuviera alguna influencia aquí por supuesto que no tendría siquiera lugar esta conversación; de cualquier manera apenas si han oído mencionar mi nombre, seguro tampoco conocen mis funciones en la Policía, así que no temo a ser juzgado por ello. Sólo le pido que escuche con detenimiento (tómelo, si quiere, como parte de mi declaración), este relato 'confuso' que ahora voy a contarle:

Era 20 de agosto y una inesperada brisa fresca nos envolvió de súbito, en medio del lacerante calor lagunero. Las cheves, alabado sea el Señor, apagaban un poco nuestra ansiedad inexplicable. Nos encontrábamos escuchando el tema "La llorona" de Lila Downs, cuando de pronto, oímos el rechinido de unos frenos de bicicleta: sonó como un lamento prolongado que rompió la tranquilidad nocturna. Lo oímos bien clarito porque la casa de Alba tiene un largo corredor con buena acústica. Estábamos

Adrián (desempleado vagabundo) y yo, el Negro Peralta (su humilde cantautor y defensor de oficio), tomándonos en silencio las chelas que nuestra amiga (estudiante de psicología) nos había pichado. Bebo estacionó su bici, tocó a la puerta y le abrimos. Se veía muy nervioso. Me arrebató la cerveza que llevaba en la mano y le dio un gran sorbo. Se sentó. Nos miró a todos con esos ojos borrados, como poseído. Luego de un rato, comenzó a hablar: Bebo nos dijo que una sombra infernal lo venía persiguiendo. Que lo ayudáramos.

A Bebo lo conocí en el bar La Tumba gracias a que el gerente del local también lo había contratado para cantar en los 'miércoles de blues', donde yo tocaba. Sus acordes prodigiosos me llamaron inmediatamente la atención: Debo reconocer que es el mejor guitarrista que he encontrado en La Laguna; y aunque mis amigos me han comparado cientos de veces con él y me han puesto a su altura, tengo que admitirlo: es mejor cantautor que yo. Tenía un talento innato para componer canciones; las imágenes en su poesía, los arpegios insospechados con los que a veces llegaba al bar, me deslumbraban. Cuando terminé mi concierto, esa vez, se acercó y me preguntó si las canciones que había interpretado eran mías. Al parecer le habían gustado. "Si arregláramos ese último tema", me dijo ya entrado en confianza, "con algunas progresiones descendientes con la lira, ¡por dios, hermano, tu rola quedaría sensacional!" Su guitarra era una verdadera joya: una Yamaha electroacústica negra, de esas que ya no se consiguen tan fácilmente. Era un tesoro que cuidaba con obstinada pasión. Nunca, que yo recuerde, se desprendió de ella y una vez que se la pedí prestada se excusó con cortesía, alegando que tenía ensayos para ese fin de semana y necesitaba pulir algunos arreglos. Desde entonces nos veíamos en su casa y amanecíamos hablando de música (de algunos grandes del blues como Robert Jonhson, B.B. King, Keb' Mo' y Eric Clapton), tomando cerveza y haciendo breves pausas para escuchar sus discos. Y es que Bebo tenía una loca obsesión por la búsqueda de nuevos acordes: Podía interpretar desde los ritmos primordiales del blues, pasando por la sensual bossanova, hasta las armonías nostálgicas del tango argentino. Innovador por antonomasia y explorador incansable de armonías frescas y sugestivas, se le podía ver al final de sus presentaciones obteniendo notas extrañas: sus dedos se retorcían como serpientes voluptuosas, recorriendo el largo brazo de la guitarra para conseguir un rasgueo surrealista. Todos ellos sonaban diferentes. Con ese increíble virtuosismo bien pudo haber sido un egoísta, si lo hubiese querido, para abrirse paso en este difícil mundo de la música. Pero no. Siempre fue muy generoso conmigo, me enseñaba sus técnicas y compartía sus mp3 de la mejor música que yo, gustoso, copiaba de inmediato a mi laptop. Nos hicimos buenos amigos. Después le presenté a Alba y Adrián, viejos conocidos de la universidad, a quienes Bebo también tomó confianza desde el primer momento.

Era común que saliéramos ya muy tarde de las tocadas en La Tumba: Trasnochar es la consigna de todos los trovadores, supongo. Para entonces ya todos los restaurantes estaban cerrados y teníamos que llegar a cenar a los burritos de las esquinas. Una noche en que Alba nos acompañó, habló acerca de unos tacos que estaban por la Alianza, según ella los mejores de la región. Total, llegamos, nos bajamos del coche y al contemplar el lugar, nos asustamos; lucía terriblemente abrumador. Aún así nos quedamos y una señora mulata nos atendió sin muchas ganas de hacerlo. Pedimos una orden de tacos para cada uno y, mientras nos los servía, Bebo se quedó mirando fijamente a la pared.

—¿Un altar de la Santa Muerte? —preguntó asombrado—. ¿A la vista de todo mundo? ¿Acaso no son cosas muy íntimas? ¿Por qué exhibir su fanatismo de esa manera?

—¿Y qué? —dijo Alba con voz fuerte—. Ya es muy normal ver esas imágenes por todos lados; sobretodo entre la gente corriente como la de aquí.

La mulata, que había escuchado todo, se acercó a nosotros con paso decidido.

—Yo le rindo culto a mi Señora —dijo casi gritando— porque mi gusto es. Y al que no le guste se puede largar a chingar a su madre.

¡Nos quedamos noqueados! Alba estaba roja de la vergüenza. Para olvidar el penoso momento, mi amiga, quien extrañamente se dice escéptica pero le encanta todo lo relacionado con lo esotérico (una vez nos contó un rollo de unas psicofonías que habían grabado en una casa embrujada, para un proyecto de la universidad), comenzó a explicarnos lo que sabía del culto a la Santa Muerte.

—Es la imagen de un esqueleto envuelto en un manto de seda —dijo ella—. Es una creencia que va teniendo cada vez más seguidores y está vinculada a la tradición del Día de Muertos. Tiene raíces históricas tanto de la época prehispánica como de la Colonia y se acomoda muy bien al México contemporáneo. Curiosamente, esta imagen 'sacrílega' para la Iglesia Católica, despierta entre sus creyentes un tipo de fervor muy especial: Es la fe de la gente que pide favores o milagros para tener trabajo, salud o comida; y la de los hombres del poder económico, político o criminal, quienes le solicitan venganzas o muertes. Hacen este tipo de plegarias porque no se las pueden solicitar a Dios, a las vírgenes o a los santos, por lo grotesco de su deseo.

—Pues yo digo que son puras mamadas —interrumpí yo, que no creía en nada por aquellos tiempos.

—No todo lo que sucede en este mundo se puede explicar con la lógica científica, Negro —me aclaró Bebo—. Yo no me trago tan fácilmente los asuntos paranormales; pero me he mostrado abierto ante los sucesos que se escapan a un análisis razonable. Un ejemplo: ¿Recuerdan ustedes el partido de los africanos de hace unas semanas? Sí, ese donde murieron los jugadores de un solo equipo, fulminados por un rayo que cayó en el estadio de fútbol. Algunos fanáticos, los más supersticiosos, dijeron que habían sido víctimas de la magia vudú.

De pronto nos callamos porque la mulata se acercó otra vez a nuestro lugar.

—Joven, hablaré con usted —dijo ella dirigiéndose a Bebo— porque se ve que es el único en esta mesa que parece listo... Mire, tome esta figura de la Santísima. Se la regalo. Ando promoviendo a mi Señora entre mis clientes porque es muy efectiva. Cuando tenga alguna necesidad mayor, pídale algo imposible, ella se lo va a conceder.

Nos miramos extrañados por el repentino obsequio de la mujer. Era una pequeña estatuilla de barro que cabía perfectamente en la palma de la mano. ¿Qué le había visto la mulata a Bebo de especial, si al principio también se mostró aprensivo ante su creencia? Supongo que es el encanto natural que tiene con las mujeres. Lo mismo le sucede en el bar con las chicas: Siempre se le acercan al terminar sus conciertos; es quizá ese halo de misterio que lo rodea lo que a ellas les atrae; porque guapo no es, el cabrón. Tuvimos que comernos los tacos pronto y pagar la cuenta porque Alba no se aguantaba la risa. Apenas dimos la vuelta en la esquina y soltó una estruendosa carcajada.

—¡Ya tienes con qué poner tu altarcito de la Santa Muerte en casa, Bebo! —le dijo Alba para terminar de burlarse—. Oye, nos invitas a tus novenarios y todo el rollo, ¿eh?

Bebo tomó en buen plan la carrilla de mi amiga y nos subimos a mi coche para retirarnos. Había que trabajar al día siguiente temprano así que tomamos el rumbo a casa, tranquilamente.

Sin embargo, desde aquella noche Bebo ya no fue el mismo. ¡Siempre tan alivianado con nosotros, siempre con una buena broma para gastarle a cada uno! Pero ahora cualquier juego de los muchachos le resultaba desagradable. "He escuchado voces en el corral de mi casa", me dijo una vez en el bar, pero yo no le presté demasiada atención. Para tratar de animarlo, le propuse que después de nuestro show en La Tumba fuéramos a casa de Alba para pistear. Él aceptó. Llegamos con ella y, como lo esperaba, la rica plática que tuvimos le encendió la chispa de inmediato. Al ver el brillo en el rostro de mi amiga, sospeché que ésos dos se traían algo escondido; probablemente ya hasta se habían acostado y yo ni cuenta. Bebo volvió con las antiguas charlas sobre música: aquellos temas interminables que nos lanzábamos el uno al otro, en forma apasionada, como malabaristas en plena función circense. Había recobrado el antiguo vigor al hablar.

—Tengo que contarles algo —nos dijo repentinamente, con un semblante serio—. Es un secreto que hubiera preferido guardarme, pero no puedo dejarlo así, arrumbado en la soledad de mi habitación, conmigo... Hay una nota oculta en las melodías cubanas.

Le dio un sorbo a su cerveza y aguardó un momento, esperando ver, quizá, el efecto que sus palabras habían provocado en nosotros.

—Es una nota que subyace en el interior de sus sones —continuó—, y está ahí, escondida, resguardada por un manto oscuro de misterio, el cual nadie ha podido develar hasta ahora. Silvio Rodríguez, Pablo Milanés, Vicente Feliú, la Nueva Trova Cubana, e incluso Frank Delgado y el viejo Sindo Garay lo sabían. Esos güeyes crearon imágenes chingonas con sus letras pero también otorgaron mayor trabajo a lo musical... Los demás músicos latinoamericanos nos diferenciamos sólo en los aspectos líricos. Somos tal vez menos poéticos pero más testimoniales, con narración más directa. Por eso habíamos ignorado el secreto que encierra la nota maldita, nefasta, que despierta a las almas del inframundo; pero yo, que he sido paciente, estoy casi a punto de interpretarla.

A ese punto de la plática ya no pudimos entenderle, ni siquiera yo que estaba más familiarizado con los cantautores cubanos de la década de los 80. Para calmar un poco su desmesurado relato, le dije a Bebo que fuéramos a comprar más cervezas, argumentando que ya faltaban en la hielera, para continuar con la velada. Salimos en mi coche. Bebo traía los ojos enrojecidos. Estaba muy alterado y vi que las manos comenzaron a temblarle. "No me dejan dormir, hermano", me dijo a manera de confesión. "Esas voces me tienen al punto de la locura. Y no sólo eso; sus sombras dejan abierto el grifo del lavabo cuando les da la gana, o prenden la luz y se gasta. Me van a llevar a la ruina." Cuando veníamos de regreso por el periférico, por la lateral derecha, un tipo que venía saliendo del carril central casi nos pegó de lado. El imbécil, que traía un Mini Cooper (yo corro en un Fiesta, no ando tan jodido), todavía nos la hizo de bronca alegando que él llevaba la preferencia, aún cuando Bebo y yo sabíamos que no era cierto pues, nadie me dejará mentir, cuando vas a tomar un carril que no es el tuyo, debes ceder el paso primero o te dan tu llegue. El imbécil del que le hablo era Mario Gabriel Cantú.

—¿Qué no sabes manejar, pendejo? —le gritó Bebo cuando nos emparejamos en el siguiente semáforo.

—¡Chingas a tu madre, cabrón! —contestó el aludido con un tono medio fresa. No pudo ocultar la pinta de ser hijo de papá.

—¡Bájate, puto, a ver si es cierto que muy verga! —se cabreó Bebo, haciéndole una señal de que nos siguiera.

Entonces estacionamos los dos coches a un costado y nos bajamos. Quiero dejar constancia, comandante, que a pesar de que éramos dos contra uno, en ningún momento me metí en el pleito. Es mentira lo que viene escrito en su declaración del primer citatorio, acerca de que lo apaleamos entre varios. Con Bebo tuvo, el pobre. Era, se suponía, una pelea de hombres, como cualquier otra, a puño limpio. Sólo que el desgraciado era un maricón. El primer golpe lo dio él; Bebo tenía que defenderse, naturalmente, y lo tiró al suelo de inmediato con un buen gancho. El tipo se levantó, fue al coche y le dio un golpe a Bebo con un bat que traía en la cajuela. Yo aguanté vara, aunque ganas no me faltaban para meterle sus buenas patadas en el culo. Bebo estaba enfurecido, se volvió loco y no hubo poder humano que lo detuviera. Sacó de mi coche su Yamaha (pues no la habíamos bajado todavía, después de nuestra presentación en La Tumba) y le dio de lleno en la cabeza a su contrincante: Su guitarra se partió en dos. "¡No mames, Bebo, te la bañaste!", le dije yo, que no podía creer que echara a perder su joya de esa manera. Después de recuperarse, hijo de papá empezó a lloriquear y nos gritó maldiciones, amenazándonos con una demanda pues según él su padre era influyente; la pagaríamos caro. Afortunadamente no había ningún poli cerca y nos fuimos tranquilamente a casa de Alba a seguir pisteando. A bebo no pareció importarle mucho lo de su nena de momento, pero cuando cobró conciencia de su acto, se deprimió: Había perdido no sólo una guitarra, sino a una compañera. Tomó su bici y pedaleó rumbo a su casa, abatido, mientras la noche lo abrazaba, en señal quizá de congoja por la pena que acababa de padecer nuestro amigo.

Aquí es donde la cosa se torna más dramática, comandante. Pasaron los días y al no tener noticias de mi amigo, les conté a Alba y Adrián todo cuanto había sucedido. Bebo no se había presentado a cantar en La Tumba y yo me preocupé. Le hablaba a su cel a cada rato pero me mandaba al buzón. Un día pasé por su hogar y me asomé por la ventana pero no vi a nadie (él es soltero y entiendo que sus padres viven en Morelia). Su bici estaba en el patio, sin rastros de su dueño. Como lo había advertido Mario Gabriel, su papá se presentó en la Corporación para formalizar su denuncia: Daños y lesiones, decía el citatorio que estaba en la entrada de la puerta. Por supuesto que la demanda era improcedente, por cómo ocurrieron los hechos, pero la influencia de ese tipo iba a provocar al menos que le leyeran la cartilla en la Corporación. Una semana después, fui a casa de Alba a ver si ella tenía noticias de Bebo. Me pasó a la sala, encendió un cigarro y después de un rato, esto fue lo que me contó:

—No me quiso escuchar, Negro —me dijo con un tono nervioso—. Le aclaré lo que la mulata de los tacos no le había advertido: Si pides un deseo a la Santa Muerte, tienes que cumplir una promesa; si no la llevas a cabo, te mata o se lleva a uno de los tuyos. Así de implacable y celosa es ella. Obviamente se lo dije en son de broma, porque me parece la estupidez más grande que se haya dicho sobre la faz del planeta, pero él lo tomó en serio. Una noche, después de habernos acostado en su casa (disculpa que te enteres de esta manera, Negrito), salió de la cama y tomó la mentada estatuilla. En sus ojos había algo extraño. Era evidente que aún no se recuperaba de la pérdida de su guitarra. "¿Qué te pasa, Bebo, te sientes bien?", le pregunté pero estaba como ido, como apartado, ¿si sabes cómo?, y no me escuchó siquiera. Se llevó la figura a la boca y la besó. "Es un desgraciado", le dijo a la pared, ignorándome por completo. "No sólo he perdido a la nena; he dejado también a medio camino mi encuentro con ellos." Luego, con voz grave, abrazando la figura de barro, ¡le pidió que se llevara al otro mundo al tipo con el que se peleó, y que a cambio de eso, él pararía de buscar la nota oculta! ¿Te das cuenta? "Tú estás loco, Bebo", le dije desconcertada por lo que estaba presenciando, "¿cómo puedes desearle la muerte a alguien? Era sólo una guitarra. No te apasiones, por Dios." Pero él contestó algo que ya no pude entenderle porque lo dijo en voz muy baja, como si murmurara una extraña letanía en otra lengua. Me vestí en silencio y me salí de su casa... ¿Te digo algo, Negro? Me dio mucho miedo su expresión. Tenía algo en su mirada que no me gustó, por eso salí casi huyendo de ahí.

Días después de mi encuentro con mi amiga, Bebo apareció de la nada. Se veía francamente muy mal; desaliñado, apestoso. Quería preguntarle cómo se encontraba, si precisaba de algo en especial en que pudiera ayudarlo, pero me interrumpió. "Necesito que me prestes tu guitarra, hermano", fue lo único que dijo. Yo no tenía compromisos para ese fin de semana así que se la entregué. Sin embargo, el préstamo se volvió regalo porque no volví a ver mi guitarra jamás; tuve que usar la lira ya toda madreada que está arrumbada en La Tumba, ese instrumento viejo que los trovadores usan en casos de emergencia.

Entonces, llegó el día 20 de agosto, comandante: Ese día confuso y maldito que quisiera borrar para no volver a recordarlo ni en pesadillas. Mis amigos y yo habíamos olvidado por el momento el 'tema Bebo' y nos disponíamos a escuchar pacíficamente la música exquisita de Lila Downs. Pero lejos estábamos de tener una noche placentera porque Bebo irrumpió intempestivamente con esa sentencia que nos dejó helados: "Me viene siguiendo la Sombra; tienen que ayudarme, por lo que más quieran." Alba no quiso prestarle atención y se fue a la cocina por otras cervezas; en cambio Adrián, que ya andaba medio borracho, se acercó a él y comenzó a abordarlo con preguntas que no venían al caso: "¿Qué diablos te ocurre? ¿Estás drogado o vienes pedo? ¿Te acabas de masturbar?" Bebo no le hizo caso y me llevó aparte.

—Mira esto, Negro: La acabo de conseguir con unos pandilleros —me enseñó una pistola que llevaba bajo su camisa—. Con esto solucionaré yo mismo el problema.

—¿Acaso te has vuelto loco, hermano? —le pregunté sorprendido—. Deja ese instrumento del demonio que no te dejará nada bueno. Relájate. Te hará bien charlar con nosotros y beberte una cerveza. Todo estará bien, te lo aseguro.

Conseguí tranquilizarlo. Se guardó la pistola y se sentó. Alba regresó y se inclinó para decirme algo al oído. "Tienes que sacarlo de aquí. Ya no me inspira confianza este vato." Sorpresivamente, Bebo se quedó dormido a los pocos minutos. Seguramente venía acumulando sueños atrasados y quizá en nuestra presencia se sentía protegido. Continuamos escuchando música y bebiendo en silencio. De pronto, empezamos a escuchar voces. Lamentos. Venían del corredor. Al principio creí que era el viento o algún vecino en fiesta, pero pasaron los segundos y se escuchaba ahí, justo en ese corredor. ¿Podría ser la buena acústica del pasillo lo que estaba provocando aquellos sonidos extraños? Adrián se me quedó viendo, confundido, y se levantó. Se asomó, pero no encontró nada. Se encogió de hombros y volvió a sentarse.

Bebo regresó de su sueño de quince minutos, como si algo lo hubiera jalado repentinamente o presintiera un nuevo peligro. Recordó que traía un bote de cerveza en la mano y lo apuró de un solo trago. Volvió a hablar:

—No pude cumplir la promesa de no buscar la nota maldita. Por consiguiente, según lo que ha explicado Alba, creo que estoy sentenciado... Me encerré día y noche escuchando los sones de Sindo Garay, Manuel Corona, Alberto Villalón y Rosendo Ruiz, los grandes trovadores de la vieja Habana, y descubrí algo místico en la interpretación de sus canciones, como si ellos estuvieran condenados a repetir las estructuras dictadas por 'alguien' tras bambalinas: La marimba y el bongó suenan naturales en sus grabaciones, pero algo quiebra de pronto la armonía. Seguí escuchando los acetatos que compré en un tiradero de viejo y me topé con el Trío Matamoros y su "Lágrimas negras". Encontré que en su música, el tresillo marcaba la pauta pero también el desajuste. Había en ese instrumento un dejo de amargura. Entonces, salí a la calle. Tuve que vender tu guitarra para conseguirme un tresillo, Negro, lo siento... ¡Fue una locura, pero también una revelación! Una noche, cuando me encontraba en el traspatio, invertí el orden de las notas en el solo de ese "Lágrimas negras", probando acordes deformados y sin sentido: mis manos no dejaron de rasgar las cuerdas, mis dedos se retorcieron como si tuvieran vida propia, alcanzando trastes que nunca hubiera podido tocar en mi lucidez. Luego, las luces se apagaron. Escuché un lamento y después vino un silencio sepulcral: Había encontrado la nota maldita.

Yo tenía vagos conocimientos sobre la legendaria trova cubana de los años 20 y 30, y sabía que el Trío Matamoros era un grupo que conquistó La Habana y el sur de los Estados Unidos. Pero de eso, a que su sones contuvieran notas ocultas, me resultaba chocante. Bebo estaba definitivamente mal y me entristecía ver que mi amigo estaba acercándose demasiado al abismo de la esquizofrenia. Alba escuchó el increíble relato de Bebo y opinó:

—No estarás creyéndote las sandeces que está diciendo este tipo, ¿o sí, Negro?

No quise emitir ningún comentario para no ofender a mi amigo, pero al igual que Alba, también pensé que sus palabras sólo fueron fragmentos de imágenes confusas, productos de algún mal sueño: Pensar que en las entrañas de una melodía arrebatadora (como lo es un son cubano) se encontraba una puerta por donde podía transitar un alma, sonaba desconcertante. No había forma de creerlo... Sin embargo, recordé que en algunas noches de insomnio llegué a escuchar el suave rasgueo de mi guitarra, muy leve, apenas perceptible, sin que yo la hubiese tocado siquiera, pero siempre lo atribuía a algún mosquito travieso, que se posaba por algunos segundos en las cuerdas de la lira, para luego emprender el vuelo. ¿O acaso eran realmente los espíritus que intentaban salir por esa puerta, desesperados porque nadie más les abría?

Decido cerrar los ojos, en un afán por ausentarme de esa plática sin sentido, y el alcohol me lleva (quiero suponerlo) a ese sueño ligero del que le hablaba al principio, comandante, donde veo sombras extrañas rodeando nuestros cuerpos. Abro los ojos y los veo a ellos: unos sujetos con cara de monstruos, que irrumpen de pronto en la casa de Alba. Eran tres tipos que se enfilaban directo hacia Bebo. Detrás de ellos venía Mario Gabriel Cantú... Salí de ese estado de trance provisorio y de inmediato comprendí que eran los guardaespaldas de ese imbécil, que venían a darle una paliza a mi amigo. Seguramente hijo de papá estaba indignado al ver que su demanda no prosperó en la Corporación y ahora deseaba cobrar venganza.

—¿Así que ustedes eran las sombras de las que hablaba Bebo, malditos cobardes? —les gritó Alba—. ¿Qué quieren? ¡Lárguense de mi casa!

Recobré la lucidez y me levanté (Adrián me secundó) dispuesto a darme un tiro con aquellos desgraciados. Comenzamos a luchar pero eran sujetos bien entrenados en las artes marciales, y nos sometieron de inmediato. El tercer hombre golpeó a Bebo en el estómago y éste se dobló por el dolor. Mi amigo sacó su pistola y ellos retrocedieron. Mario Gabriel Cantú, al ver el arma, comenzó a chillar como vieja, gritando "¡No me mates! ¡Por favor, no lo hagas, te lo suplico!" De pronto, una sorpresiva tolvanera nos envolvió. El huracanado viento mezclado con polvo, tan común en La Laguna, cegó nuestra visión. Se escuchó un disparo... El instante efímero en que ocurrió el terregal me pareció largo, casi eterno. En medio de la bruma arenosa, alcancé a ver varias sombras que nos acompañaban, además de los que estábamos, pero nunca pude distinguir sus rostros con claridad. Lo que sí miré fue una silueta más grande y poderosa (juro que no era de este mundo), que se posó a un costado de hijo de papá. Luego vi que Bebo apuntó directo hacia esa figura y se escuchó un segundo disparo. Entones, el aire se clarificó. Sacudimos nuestras cabezas y nos frotamos los ojos para descubrir lo que había sucedido: Mario Gabriel estaba de espaldas contra la pared, aterrado, con una mueca de horror en su rostro. La bala había perforado su estómago. En medio de la confusión, Bebo tomó su bici y pedaleó hasta perderse al final de la calle. Los guaruras levantaron a su jefe y uno de ellos llamó a la ambulancia. Al poco tiempo llegaron las patrullas y aquello se volvió un caos.

Después llegó usted, comandante, y el resto de la historia ya la conoce. Los policías municipales tomaron su parte informativo y nos dejaron libres, al ver que no participamos en lo que ellos llamaron 'el atentado'. Cuando todo mundo se fue, nosotros quisimos seguir bebiendo, seguir escuchando música, pero por supuesto era imposible: el fino cristal de lo mundano se había quebrado, y de alguna manera, nos había ensordecido. Nos despedimos y cada uno se fue a sus respectivos hogares con una duda clavada en el pecho, sabiendo que tardaríamos, quizá, varias semanas para poder retirarla sin lastimar nuestro sagrado sentido común.

Al día siguiente, mis amigos y yo nos citamos en La Tumba; llegué un poco tarde: Alba y Adrián ya habían tomado su lugar en una mesa del fondo, y me esperaban. Nos saludamos. Pidieron unas micheladas, y, luego de un rato de silencio, nuestra amiga habló.

—Si tan sólo me hubiera quedado callada... Todo esto surgió por culpa mía. Fui yo quien le habló a Bebo sobre esa figura de la Santa Muerte.

—No te agüites, mujer —le dijo Adrián—. El Negro y yo también nos mostramos desconfiados al principio; pero en el fondo, supimos que algo extraño estuvo presente... Yo recomendaría que en lugar de hacernos los inteligentes, queriendo justificar con la razón lo que vimos, mejor lo hablemos abiertamente, al chile, dejándonos de mamadas para tratar de entender lo que en verdad sucedió.

—En ese caso —dije yo— abordémoslo con detenimiento... Sabemos que hijo de papá está lesionado, según los médicos en estado de coma, y nuestro amigo ha desaparecido. Bebo disparó esa arma pero no sabemos qué lo motivo a hacerlo. Es cierto, en su locura repentina, él le pidió a la Santa Muerte que se llevara a Mario Gabriel al otro mundo, y a cambio, él pararía de buscar la nota oculta. Sin embargo, hijo de papá no está muerto (no todavía)... Pero si eso llegara a ocurrir, ¿sería acaso una prueba de que La Santísima cumplió con el pacto? ¿Exigiría entonces a Bebo a hacer lo propio? Como ya vimos, a él le valió madres, y al parecer, encontró lo que buscaba, la nota secreta... No sé ustedes, pero a mí me resultó escalofriante esa onda de las voces, escondidas en un acorde de tresillo. ¿Cómo es eso posible? ¿De qué diablos estaba hablando?

—En la universidad —recordó Alba— realizamos un experimento dentro de la materia de 'Sociedad y Cultura'. El maestro nos propuso realizar una investigación sobre las psicofonías (sonidos misteriosos registrados en cintas magnéticas)... Aprovechando un viaje de estudios que hicimos a Veracruz, mis compañeros y yo fuimos con un brujo de Catemaco y grabamos una sesión espiritista. Ya de regreso, al escuchar el cassette, nos dimos cuenta de que habíamos registrado un extraño susurro, apenas perceptible, mientras el brujo, en esa entrevista, nos explicaba lo que él pensaba sobre los espíritus: "Son voces perdidas en el tiempo", nos dijo con un tono profético, "sombras errantes que vagan entre espinas y niebla. No les ha quedado nada más que el sonido atormentado de sus almas." Ahora lo veo claro... Bebo no usó una grabadora, como nosotros, para percibir esas voces; él usó su guitarra: abrió una rendija secreta que les dejó salir. Bebo la descubrió por accidente. Sin embargo, ellas persuadieron a nuestro amigo para que las liberara, hostigándolo. ¿Pero cuántas más esperan ansiosas por salir, y con qué fines siniestros?

Atónitos ante las conclusiones abrumadoras a las que había llegado Alba "la escéptica", nos quedamos petrificados y preferimos dejarlo así, sin escarbarle más al asunto. Antes de salir, una rola bien ejecutada de Noel Nicola, al fondo, me trajo el recuerdo de mi amigo ausente...

Sé que existe una petición suya hecha al juez, comandante, para ordenar un arraigo contra Bebo. Usted sospecha al mismo tiempo que nosotros somos sus cómplices y lo ocultamos en alguna parte: Yo le puedo asegurar que ninguno ha tenido contacto con él desde entonces... No quiero influir en su investigación, pero, ¿usted cree realmente que haya algún delito qué perseguir? Nunca hubo una amenaza directa por parte de mi amigo hacia Mario Gabriel Cantú; además, en el estricto sentido de las leyes, no hubo un intento de homicidio como tal: cualquier abogado defensor puede argumentar en la corte un disparo accidental o en defensa propia, pues ellos irrumpieron en la casa de Alba para someterlo; en todo caso, nosotros podríamos contrademandarlos por allanamiento de morada, y a final de cuentas, sólo lo procesarían por portación ilegal de armas, un delito menor que lo tendría libre en pocos meses (si algún día llegaran a encontrarlo vivo, por supuesto).

Entiéndalo, comandante: Bebo disparó esa arma para deshacerse de las sombras que lo venían siguiendo (para salvar su propia alma), y no para provocarle daño a ese hombre. Sé que como agente de investigación, a usted no le interesa la parte sobrenatural de este relato. Pero, piénselo una vez más y reconsidérelo... Bueno, si no tiene otra pregunta qué hacernos, nos retiramos; no sin antes obsequiarle esto: Es la estatuilla de la Santa Muerte que Bebo dejó olvidada en su habitación. No se asuste, se lo ruego, es inofensiva. No crea que estoy tratando de intimidarlo... Si no es creyente, de cualquier forma guárdela como recuerdo de este extraño caso. Pero, si en su mente alberga algún resquicio de curiosidad, en la primera necesidad imposible que tenga, pídale algo, dicen que es muy efectiva. Más tenga cuidado: procure no tener cerca una guitarra cuando lo haga; no vaya a ser que las cuerdas de su lira se rasguen accidentalmente y escuche voces que no pertenecen al lugar.ଔ

EL FAVOR

Cinthia Marisol López Sánchez

Rufino fue el hombre más bello que ha existido en el pueblo, y quién sabe si a causa de su hermosura o a los galones de envidia en los que a diario eran sumergidos los demás hombres, fue que ellos echaron a volar los rumores sobre su hombría.

Las muchachas se volvían sordas ante aquellos bisbiseos y rondaban siempre su casa con cualquier pretexto, que si ya traigo de vuelta tus camisas almidonadas, o que si con esta lluvia no se te antoja un champurrado. Rufino las miraba de reojo sonriendo y si estaba de buen talante devolvía el favor deshaciéndose de la camisola que lo cubría, la luz matinal recorría trémula su torso moreno; y mientras el alma de la joven comedida se convertía por un instante en mensajera de Dios, el cuerpo de ella –autómata- le alcanzaba y no una de las prendas recién planchadas.

Los hombres del pueblo, siempre arremolinados, sabían cuando una mujer levitaba por los altos techos de la casa de Rufino, gracias al viento que disfrutaba jugar con ellos al corre ve y dile. Hastiados de que el calor de primavera fuera el único que visitara en la madrugada sus sábanas, y de que las historias que hilvanaban sobre su rival de amores —cuando el tiempo dormitaba plácido en sus hamacas— sólo sucumbieran ante los oídos escandalizados de las ancianas; saltaron una noche de sus camas. Caminaron uno a uno entre las milpas formando una rueda; unieron sus manos decididos a implorar ayuda divina y en una melancólica oración los espíritus de aquellos hombres se alzaron hurgando en el cielo, hasta traer consigo a la santa protectora de sus días, la Muerte.

Ella, sin mayores exigencias, se sentó en las piedras que sus fieles acomodaron lo mejor posible para que estuviera a sus anchas. Escuchó chillar a los hombres, arrebatándose la palabra y desperdigando frustraciones que revolotearon a su alrededor, desapareciendo luego en la oscuridad. A pesar de la atropellada asamblea, la Muerte tuvo muy claro que algo debía hacer con Rufino. Preguntó entonces a los presentes si estaban de acuerdo en que arrebatara su aliento sin dejar una sola gota de vida. Los pueblerinos silenciaron de tajo su mente, ¡NO!, claro que no querían matar al pobre Rufino, si acaso habían pensado en que la Muerte consiguiera una muchacha de algún lugar remoto, hermosa a la par de él para que las mujeres del pueblo escondieran cualquier esperanza de conquista; y que él, Rufino, por fin se mantuviera a raya. La Muerte enternecida por aquella petición tan pueril dijo que eso era pan comido. También dijo que apaciguaran ya sus desilusiones pues una noche cualquiera consumaría el encargo.

Mayela llegó acompañada por una serenata de grillos, traía los zapatos terregosos y el cansancio cenizo. Halló una pileta con sueños abandonados y un poco de agua fresca. Se acicaló los cabellos, desarrugó el vestido con las manos y perfumó el corazón.

Caminó resuelta por las calles mal trazadas como si supiera de antes cómo llegar a casa de Rufino. El buenmozo, todavía con rasgos de vapor de ducha y oliendo a campo abierto, preparaba su aposento para descansar cuando escuchó en el patio los gritos de una mujer. Mayela entró histérica buscando la ayuda de Rufino, deseaba que él hurgara en los tibios y escandalosos pechos de ella para rescatar al ratón que se asfixiaba entre sus encantos —hasta esos días vírgenes— y el escote que luchaba enérgico por contenerlos. La joven había correteado minutos antes al roedor y luego lo embriagó en sus aguas salinas. Poco después, Rufino fue victimado con el mismo elixir sudoríparo. Antes de que la memoria quedara fatigada intentando recordar a la bella joven, sus ansias de hombre afloraron apabullantes y catastróficas. La combustión que se dio entre ambos hizo que las luciérnagas extinguieran su luz por temor a ser descubiertas. Mayela comprobó de inmediato la gran autoestima que él poseía y por la que las mujeres del pueblo habían alucinado en sus febriles charlas de verano. Rufino la amó una y otra vez en la noche más corta de su vida. Cuando ella recobró el pudor abandonó la cama de Rufino y lo que quedó de él; rogó a la recatada luna que alumbrara el sendero en el que poco a poco se fue perdiendo. El murmullo del viento anunció a cada una de las muchachas que el joven de sus anhelos ya era de alguien más.

El cielo abrió sus ventanas dejando al descubierto los primeros destellos de la mañana. Los hombres del pueblo sintieron de golpe la brisa de la fortuna y sonrieron por primera vez en mucho tiempo, las mujeres por fin correspondían a sus cortejos. El único que a partir de ese día no abrió más los ojos fue Rufino, pues las fiebres que Mayela provocó en él lo dejaron en una inconsciencia permanente. Nunca nadie se ocupó del desvalido hombre, el ajetreo de tantas bodas y lunas de miel que se festejaron desde entonces terminó por sepultarlo en vida.

Rufino naufragó en la penumbra de la desolación y lastimoso clamó por Mayela, la lucidez de sus delirios la evocó tantas veces hasta provocar en su cuerpo un llanto involuntario. Tanto fue su dolor que la Muerte sintió un gélido estremecimiento en la columna dorsal.

Una tarde de invierno Mayela regresó a casa de Rufino, llevaba puesta la misma vestimenta de cuando lo conoció. Se quedó mirándolo lúgubre y compasiva, luego descubrió que, a pesar de la barba crecida como hierba silvestre, no había perdido ni por un momento su aire gallardo.

Salió en busca de aromas naturales que atrapó en frasquitos de vidrio marítimo, acarreó algunas cubetas con agua de lluvia, se remangó la falda y trepó liviana el cuerpo de Rufino. Colocó en su frente compresas de manzanilla mientras limpiaba los sudores de la enfermedad, recortó la barba y el cabello exigiendo al recuerdo la mirada mansa y los besos mordelones de él. Mayela se sorprendió a sí misma ruborizada cuando quedó expuesta a la desnudez de su enamorado. Y aunque hubiera querido mantenerlo así, lo abrigó con ropas limpias y perfumadas. De a poco la piel de Rufino se mostró de nuevo rozagante. La voz de Mayela se infiltró en sus sentidos, bailó con él en un mundo distante y el viento cantó para ellos.

Los hombres y mujeres del pueblo asomaron su curiosidad por la ventana de la habitación. Al descubrir a la Muerte arropando amorosa a Rufino, presurosos ofrendaron en el patio un altar con flores carialegres y veladoras que nunca se apagan.

Exhausta, Mayela se arrejuntó al cuerpo de Rufino y durmió apacible como en mucho tiempo no lo había logrado, arrullada por la luz de las velas. El alma de él, confortada, liberó una sonrisa. ⚬

EL UMBRAL

Jorge León Escalera

Cuenta la leyenda que en el año mil quinientos treinta y cinco, tras la caída de México-Tenochtitlán ante el ejército de Hernán Cortés y sus aliados, el indio llamado Tleyotl le reveló al soldado español Julián Velázquez sobre la existencia de Aztlán, "Lugar de la Blancura". Se encontraban en una de las expediciones al norte del Valle Anahuac, en busca de la colonización de la región. De tal expedición, Julián Velázquez no era más que un soldado sin voz ni voto, mas de sigilosa ambición; Tleyotl era uno de los dos intérpretes del grupo de veintiún mexicas que la acompañaban.

Ambos hombres tenían intereses personales: el de Tleyotl era recuperar su libertad; el de Velázquez, sencillamente oro. Fue así que Tleyotl leyó en el codicioso corazón de Velázquez la sed por el áureo bien que le daría un futuro prometedor.

Así pues, una noche el indio se acercó al soldado y con hábiles insinuaciones e indiscreciones simuladamente accidentales sobre una tierra blanca, primigenia y rica en toda forma, rápidamente lo embriagó. Tras interrogar meticulosamente al mexica para borrar cualquier duda, Velázquez decidió ir en busca de Aztlán.

Velázquez buscó a dos de sus compañeros y amigos, Pedro y Francisco, y les narró la sorprendente historia del indio. «¿No encontró Cortés Tenochtitlán en medio de un lago y llena de oro?» les dijo. Una vez convencidos los tres de localizar Aztlán, ordenaron los prontos servicios de Tleyotl, quien ya había hecho lo propio con tres indios. Siete hombres se escabulleron ocultos entre las sombras de la noche, por oro y libertad.

Los indios guiaron a los españoles hacia el noroeste. Eran tamemes y, de ser necesario, serían intérpretes. Pero la verdadera intención de los tenochcas era separar lo más posible a los hispanos de sus huestes, para luego perderlos en áridos e inhóspitos desiertos y escapar. No obstante, Francisco, el menos crédulo de los tres y el único que comprendía vagamente el náhuatl, espiaba a los mexicas día y noche y había logrado capturar algunos de sus susurros en su lengua nativa.

Francisco comunicó a Velázquez sobre la posible traición de los indios y éste decidió darles un escarmiento.

En una estepa semidesértica en lo que hoy es el norte de Zacatecas, Velázquez detuvo al grupo, liberó su acero y amagó a los indios. Francisco y Pedro lo siguieron. Los mexicas estaban desarmados y no había mucho que pudieran hacer. Así que bajaron sus mecapales y se sometieron ante sus agresores.

Velázquez encontró una caverna en la que les ordenó entrar para llevar a cabo la severa punición. Los tenochcas intentaron oponerse: Tleyotl alegó a gritos que en ese lugar se acercaban mucho a la muerte, cosa que lió a los hombres blancos. Un indio intentó escapar aprovechando el desconcierto, pero murió en la espada de Pedro. Otro de los indios embraveció y arremetió sobre el español mas fue sometido. Los tres mexicas sobrevivientes fueron atados. Luego los blancos tiraron dos sogas sobre un brazo rocoso en lo alto de la caverna e improvisaron horcas, una para el cadáver y otra para el rebelde.

Se dice que mientras los españoles preparaban las horcas, desde el incierto exterior irrumpieron aullidos. Tleyotl les advirtió que eran los perros que olían la muerte; los españoles supusieron que se trataba de coyotes, pues abundaban en la región. Al atardecer colgaron el cadáver y ahorcaron al indio. Los aullidos perpetuaron en el espacio por lo que los hispánicos decidieron pernoctar en la seguridad de la guarida.

Tras el crepúsculo, en la entrada de la caverna aparecieron animales. Los colonizadores esperaban ver aparecer a los coyotes, sin embargo, pronto descubrieron que verdaderamente se trataba de perros, grises y sin pelo. Pedro los ahuyentó a gritos y patadas, pero los animales continuaron rondando cerca de la caverna, ladrando y chillando, como en un lamento. Tleyotl había tenido razón y los tres soldados comenzaban a inquietarse... algo perverso estaba por ocurrir. El indio añadió que debían haber puesto a los muertos cerca de la tierra, enterrados: mucho mejor, y hacer ofrendas.

La noche avanzó, sólo la tenue luz de una tea en la entrada los iluminaba; los cadáveres quedaron colgados, en la oscuridad, meciéndose con el leve viento que silbaba; los perros andaban no muy lejos de la caverna, de vez en vez chillaban; la guardia le pertenecía a Velázquez, mas ninguno de los españoles conciliaba el sueño. Cuentan las lenguas viejas que escucharon crujidos emergiendo del fondo de la gruta. ¿Qué podrían ser?: ¿pasos?, ¿arañazos?, ¿respiraciones? Los soldados se pusieron de pie y tomaron sus armas. Francisco caminó de espaldas hacia el hacha para tomarla e iluminarse. Oyeron que una de las cuerdas se rasgaba. Al volverse hacia los cadáveres, descubrieron una figura encima de estos, jalándolos, intentando robarlos. Desde el piso, Tleyotl susurraba que debían haber soterrado los cuerpos.

Aún en penumbra, Francisco distinguió en la figura la silueta de un perro, así que tomó la antorcha y avanzó con ella para ahuyentarlo. Y fue en ese momento que los tres hombres blancos contemplaron algo tan espeluznante como jamás pudieron haber imaginado: el cuerpo era humano, muy alto, con dedos como ramas y la cabeza de perro, pálido, de enormes ojos y colmillos emergiendo de rojos labios. Un monstruo que intentaba llevarse los cuerpos.

Los españoles gritaron y oraron. Velázquez perdió la cordura y acometió a la bestia. Pedro y Francisco lo siguieron. Finalmente, el desconocido ser retrocedió hacia las sombras que lo habían vomitado. Horrorizados, los tres soldados tomaron lo que pudieron, levantaron a los indios y salieron de la cueva con ellos, huyendo. Se perdieron en la noche del desierto. Nadie supo más de ellos.

En el año mil ochocientos ochenta y cinco, el arqueólogo Jaime Núñez Tobón, acompañado por un grupo de campesinos del municipio de Mazapil, Zacatecas, y dos pasantes que lo apoyaban, dirigía un estudio de suelo, previo a la obra de una mina donde se buscaría plata y otros minerales. Una tarde, mientras excavaban en un talud cerca de un camino rural, encontró un diario con fecha de mil quinientos treinta y cinco.

En este diario, bien conservado por el tiempo, Julián Velázquez, soldado de la corona española, relataba haber matado a dos indios en una caverna y luego ser testigo de la aparición de una bestia a quien otros indios llamaban Xolotl. Posteriormente, cuando había huido al desierto, otra bestia o «monstruo», un ser humanoide de poca estatura, rostro y torso descarnado, con los huesos expuestos, dientes enormes y sin globos oculares, comenzó a aparecer insistentemente ante él y sus hombres. Una y otra vez, la aparición los siguió en silencio absoluto, sin indicarles qué quería de ellos. Tras ser torturado, uno de los indios que llevaban prisioneros les reveló que el mismo dios del Mictlán había salido a cobrar su afrenta; era la muerte misma quien los perseguía.

Más adelante mencionaba que, por recomendación de los indios, volvieron sobre sus pasos a la caverna del Xolotl, bajaron los cuerpos que habían colgado ahí y les concedieron cristiana sepultura; que al final lo único que importaba es que fueran inhumados. Además, construyeron una ofrenda a la muerte, al señor del Mictlán, echando mano de los pocos valores que les quedaban. Finalmente, podían pedirle algo al señor de los muertos. La última frase del diario era: «Por la aún fría mañana se nos escaparon los indios, pero unos minutos después encontramos oro». No había una palabra más en las páginas siguientes, aunque en las anteriores se hallaba una descripción completa del lugar donde se ubicaba la caverna y de cómo llegar hasta ahí.

Platican campesinos de Mazapil, que el arqueólogo buscó la cueva y tuvo éxito. En un reporte a la institución en la que laboraba, estableció que no encontró nada en ésta salvo roca y aire; sin embargo, volvió varias veces al lugar. Los pasantes que lo ayudaban, renunciaron pocos días después. Los campesinos que lo apoyaron como guías, comentaban que Don Jaime se topó con vestigios de una antigua ofrenda, los cuales se llevó, y que varios días después construyó una nueva. Incluyó varios objetos personales para terminarla y pidió insistentemente a un tal Mictlantecuhtli que una excavación suya fuera financiada. Y sucedió: cinco días después de volver de Mazapil, una empresa financió su caro proyecto. Dos días después Jaime falleció.

Cuenta la leyenda que en Mazapil, Zacatecas, hay una antigua entrada a la casa de la muerte: perros xoloitzcuintles y docenas de colibríes se pasean fuera de ella y una negra cruz está grabada en su muro interior. Cuenta que desde enfermos terminales hasta políticos y delincuentes la visitan cada año para pedirle algún favor. Santa la llaman, a la Muerte. Si tienen un deseo, tal vez ella pueda cumplirlo... siempre que estén dispuestos pagar por él.❧

¡SE CUMPLIR, SE CUMPLIR!

Obed González Moreno

Un remolino de ruidos citadinos se colaron a la par de una brumosa luz a través de los orificios del desvencijado techado de láminas de la morada de Nacho "El tira Fragoso". Los ruidos de aullidos de perros, de motores de autos y aviones taladraban sus oídos desmoronando su sueño. Lentos sus párpados comenzaron a levantarse, un fuerte y profundo bostezo hizo que su mandíbula le doliera. Se inclinó en posición fetal por unos minutos, con el dorso de su mano se limpiaba la saliva reseca y sus ojos miraban fijos a ningún lado. Retiró la cobija y se sentó en la orilla de la cama. Desesperado tomó de encima de un cajón de bocinas que le servía de buró una garrafa con aguardiente que medía una cuarta de licor. De un trago bebió aquel líquido que le calmaba el dolor que causan las astillas de la resaca para aplacar ese malestar parecido a dos rabiosos perros riñendo en su estómago. Comenzó a jalar aire con la boca y se levantó, caminó unos cuantos pasos hasta llegar al baño. Con tambaleo en su caminar apresó un vaso con agua para enjuagarse la boca, hizo buches con ella y después la escupió en el inodoro. Miró hacia el interior, sus ojos se abrieron más de lo común y sus latidos cardiacos se aceleraron. Coágulos de sangre flotaban en la superficie del excusado. Volvió a ejecutar buches y a escupir no menos de cinco veces más y el color rojo del agua no desparecía. Con el puño se aporreaba en la frente a la vez que gritaba: ¡Ya me chingué por dentro! ¡Ya me di en toda la madre! ¡Esta chingadera ya me jodió por dentro!

El arrepentimiento flotaba por toda la vivienda: ¡Y para acabarla de chingar me pasa ahora que estoy peor! ¡Pero tengo qué hacer algo, tengo qué hacer algo!

Comenzó a respirar agitada y profundamente mientras golpeaba las paredes y pateaba las cubetas que veía a su alcance. Se sentó en el inodoro, inclinó la cabeza y la aprisionó entre sus manos pasando sus dedos entre sus cabellos. Despacio se levantó y aletargado se dirigió hacia un pedazo de espejo que sobre un tinaco oxidado se recargaba de la pared. Lo cogió, se miró en él y sorprendido captó sus párpados morados; el derrame en uno de sus ojos, la nariz y la boca inflamadas. Con una sonrisa vio un hilo de sangre correr por una de sus fosas nasales. ¡Gracias, gracias Santísima! ¡Qué bueno que no es por dentro! ¡Ya recordé, ya recordé! ¡Me cumpliste, me cumpliste! Comenzó a gritar como en un estado de regocijada locura. De la boca y alma de "El tira Fragoso" salieron unas desquiciantes y honestas carcajadas. Con una camisa a medio abotonar, unos tricolores calcetines rotos del talón y con solo calzoncillos corrió hacia la puerta. Salió desesperado hacia otra vivienda de azotea en aquel ruinoso edificio.

Se acercó a la puerta, se quitó un calcetín y atado al tobillo llevaba un listón de cuero donde cargaba una llave. Angustiado deshizo el nudo, sus temblorosas manos enclavaron la llave en el candado hasta que abrió. Se introdujo y con un cerrojo afianzó la puerta. Sacó una caja de cerillos de la bolsa de la camisa, encendió uno para alumbrase, paso a paso se acercó a una silueta. La luz comenzó a alumbrar: primero los pies desnudos de Nacho; unas cajas de cartón, botellas, dos llantas, un sillón viejo, una guitarra rota. Se detuvo frente a algo que parecía una caja con unas cortinas, fue subiendo la luz del fósforo: un manto de tela morada se fue distinguiendo, después unas falanges, más adelante un metatarso, una tibia, más tela, unas manos deshuesadas, hasta llegar a un cráneo cubierto con una túnica. Al presentarse con ella el hombre encendió dos largos y gruesos cirios negros que alumbraron todo el retablo. La majestuosa efigie posaba rodeada de flores, frutos, bebidas, tabaco y un vaso de agua. El hombre cayó de hinojos, juntó las palmas de sus manos y frente a ella habló:

"Santísima Muerte, dadora de todos los deseos, dirigente de mi destino: Te doy gracias por todos los milagros concedidos como este. Gracias por no permitir que me desgraciara por dentro con la bebida como lo pensé. Gracias porque sólo estoy lastimado del cuerpo. Gracias por hacerme el favor de salir librado de esta batalla, la cual sin ti no hubiera superado. Gracias por no permitir que cayera y te doy más gracias por haberme cumplido el milagro que te imploré. El milagro de desaparecer a aquellos que me querían hacer mal. ¡Qué bueno que permitiste que a través de mí desaparecieran de la humanidad! No merecían vivir, ya habían hecho suficiente daño. Ahora te prometo que con lo que quité a aquellos hombres te voy a hacer un altar más grande y hermoso, sé que mereces mucho más y tambíen sé que ni con mi vida podré pagarte el prodigio cumplido. Yo te cumplo cualquier promesa que te haga. Yo te cumplo. Gracias Santa Muerte, madre de los desvalidos. En tu nombre, me entrego".

El hombre se persignó, después, ahí mismo, de hinojos, abrió las cortinas que habían debajo del altar. Extrajo unos bultos, partió el primero, sacó unos pequeños paquetes, abrió el más cercano, salió un polvo blanco. Humedeció la yema del dedo índice, la pasó sobre el polvo, después por su lengua: ¡Es buena, sí!- Volvió a probarla- ¡A huevo! ¡Es buena, es buena! ¡Ya está!

Volvió a guardar bultos y paquetes tras las cortinas. Se levantó, de tres soplos apagó los cirios, abrió la puerta, le colocó nuevamente el candado y se aseguró que estuviera bien cerrado. Camino por la azotea de aquel edificio, la veía extensa, infinita. Tomó aire con gran profundidad, abrió los brazos, miró al cielo y comenzó a dar vueltas mientras reía, reía de vida contenida: ¡Soy libre! ¡Soy libre! ¡Ella me lo prometió y me cumplió! ¡A nada temo porque yo también le voy a cumplir! ¡Porque sé cumplir, sé cumplir!

Nacho giraba de lado a lado como en un juego hermoso y liviano, como en un sueño ligero y acogedor. Abría los brazos porque sabía que la Santísima le había cumplido. Él sabía que le habían obsequiado la vida. Su risa se escuchaba en todo el edificio hasta en el de enfrente donde tras unos tinacos la mira de un rifle contaba sus giros. ✑

NIEBLA, EL CAMINO DEL MICTLÁN

Rafael Timoteo Corro Pérez

Camino por Izmictlán Apochcalolca, el camino de niebla que enceguece. Han pasado tres años y unos cuantos meses. Estoy apunto de llegar al último nivel del Mictlán, ahí esperan el rey Mictlantecuhtli y la reina Mictecacíhuatl, la señora del inframundo, la Señora Muerte. Atrás muy atrás podía ver a la gente que caminaba por el mismo lugar que yo, que seguía mi misma senda. Muchos quedaron en el camino, Xólotl el animal no los ayudó, estarán ahí donde quedaron por la eternidad.

Mis sandalias se rompieron hace mucho tiempo, camino descalzo, con cada paso que doy dejo de sentir menos las penurias de esta vereda. Recuerdo haber visto a una pareja que agarrada de la mano avanzaba adelante de mi, el hombre anduvo sin calzas casi desde el inicio, la mujer algo después. Ella cayó en Timiminaloayan, el lugar donde flechan, él en Teocoyocualloa, lugar donde las fieras se comen los corazones, pero la bestia no pudo comer su corazón, ese se quedó un nivel atrás.

No veo nada, tengo que vadear nueve ríos en esta oscuridad, en esta ceguera. Xólotl va a mi lado, está disfrazado de perro y con su cuatro patas firmemente en el suelo me sigue. Me ha guiado desde que inicié el camino, el debe de ayudar a todos a llegar hasta el final, desde el principio lo he visto a mi lado, caminando a paso lento junto a mi, soportando igual que yo y sufriendo igual que yo.

Escucho algo a lo lejos, agua corriendo, alrededor de mi todo esta blanco, levanto la vista al cielo y todo es negro, así ha sido desde el fin de mi vida en la tierra y desde que empecé el camino de Mictlán. No puedo ver mis pies ni mis manos, no veo nada que no sea esta neblina blanca. Sigo caminando, el primer río esta cerca ya oigo el rugir del agua contra las piedras. Levanto la cabeza y huelo con fuerza, abriendo más y más mi nariz, hace mucho que no huelo el agua.

Pero es diferente, lo siento y creo que Xólotl también, aúlla él, aúllan a lo lejos. Es un olor acre el que me llega, metálico. Es sangre. Es sangre. Estoy oliendo sangre. Sigo caminando y ese olor me llega cada vez más intenso. Bombardean mi mente los recuerdos de la vida que lleve, los recuerdos donde hubo sangre son los más fuertes, la primera cortada, algún sacrificio en el Templo Mayor y mi muerte.

Macehuallis, merecidos de los dioses, la gente común. Entonces él es Macehual, un hombre común, ni mejor ni peor. Macehual es un vendedor, comerciante de cacao o maíz hace lo que puede para vivir, está bien, ha visto mucho peores. Un día un rico comerciante Pochteca lo invita a hacer negocios con él, un viaje a las provincias del sur.

Pongo el primer pie en la sangre, las piedras del río se clavan en las plantas de mis pies. Pongo el otro pie, y sigo, si lo pienso no podré hacerlo, me va a paralizar el pánico. Con ambos pies en el río volteo a la derecha y veo a Xólotl con las cuatro patas adentro también, está gimiendo por lo bajo. Cuando la sangre me llega al cuello y dejo de tocar el fondo del río extiendo la mano a la derecha y toco el lomo desnudo de Xólotl, me siento más tranquilo.

Bajo mis dedos siento los músculos del animal moviéndose, me concentro en eso y hago lo posible por terminar.

Poco a poco empiezo a salir del río. La sangre me llega a la cintura, suelto a Xólotl y él sigue nadando por su cuenta. Por fin llego a la orilla. Las gotas de sangre resbalan por mi cuerpo, por mis brazos, por mis piernas. Xólotl se sacude y miles de pequeñas gotas vuelan alrededor en todas direcciones, la niebla se las traga como un animal sediento. Con los pies en el sendero sigo caminando, todavía me espera un largo camino.

Muchos tamemes cargan sus cosas, esclavos cuyo único propósito es hacerle la vida más fácil a los comerciantes llevando el peso de la mercancía en hombros. Hace tres días que salieron de Tenochtitlan, están lejos de llegar a los pueblos donde sus productos serán comprados. Macehual está cansado, no acostumbra caminar tantas horas. Las noches son a lo que más le teme, en cada sombra cree ver la figura de la reina Mictecacíhuatl. Mientras comen a la luz de un fuego moribundo escucha el canto de un búho y sabe que ella anda cerca.

La humedad roja que mancha cada centímetro de mi piel me hace estremecer a cada ráfaga de aire. Mis ojos han dejado de ser útiles, no los necesito para seguir esta senda, con ellos solamente puedo ver a Xólotl a mi lado que sigue incansable. Se repite, todo se repite, el sonido de la sangre contra las piedras empieza a sonar de nuevo, lento y susurrante al principio, rápido y sonoro como la corriente del río después.

El mismo miedo se apodera de mi cuando la sangre me rodea y amenaza con ahogarme, Xólotl, me agarro a él y me ayuda a cruzar. Salgo del río y sigo, tengo que seguir, al final me esperan los reyes del Mictlán.

El Pochteca quiere seguir el camino sin demora, ya es de noche, la luna en lo alto ilumina el sendero. Van nerviosos, están a mitad del camino entre dos pueblos y es un lugar desierto. Macehual se siente cada momento más incomodo, un escozor en la nuca hace que mire por encima del hombro cada cinco pasos, el tameme que viene atrás de él lo ve extrañado. Son un grupo grande, el Pochteca contrató a tres guerreros para el viaje. Los guerreros viajan dispersos entre la gente, cada uno lleva por arma un maquiahuitl, grande y mortal, el filo de obsidiana reluce poco a la luz de la luna.

Los árboles a las orillas de la vereda los ven con hostilidad. Los pasos resuenan, casi nadie habla. En medio de esa oscuridad se escucha una rama rompiéndose, el sonido viene de atrás y Macehual voltea. Un búho ulula, un murciélago cruza el cielo en un rápido vuelo y una araña huye de la senda y se esconde en los arboles. Otra rama se rompe, ahora viene del frente y pronto el lugar se llena de sonidos. Antes de que puedan reaccionar un grupo de personas sale de entre los arboles, lanzas y puñales en mano arremeten contra ellos. Macehual los ve, flacos, sucios y con miradas furibundas, son ladrones.

Río tras río he ido avanzando por este camino. Ocho he pasado ya, Xólotl y yo seguimos juntos. El tiempo aquí pasa sin sentido, no se cuando termina un día y empieza el otro pero siento que los cuatro años van llegando a su fin, que los cuatros años que toma descender por los nueve niveles del Mictlán están a punto de terminar.

Desde que entré al camino de la niebla he escuchado a gente que camina, nunca los he visto. Hasta ahora. Cada vez más seguido veo un brazo, una pierna que se acerca lo suficiente para penetrar la niebla y entrar a mi campo de visión. Mientras el rugido del Último Río se oye en la lejanía veo que el número de gente crece con cada paso, pronto veo los rostros de las personas que cansadas caminan hacia el frente, todos vamos en la misma dirección.

Por fin lo veo, es inmenso. Un kilómetro de orilla a orilla. Una corriente roja corre con una fuerza desbocada. De aquí proviene la niebla, como una catarata gigantesca. La gente se apiña en la ribera, nadie se atreve a entrar, o al menos no todavía. Tanta gente me recuerda a algo, trato de recordar que mientras pongo un pie en la sangre y con Xólotl a mi lado entro al río.

Hay sangre por todas partes, muchos bandidos y tamemes han caído, lo mismo uno de los guerreros. Macehual carga su saco contra el pecho, asustado voltea para todas partes buscando una salida, si no la encuentra pronto va a morir. Los dos guerreros que quedan defienden al Pochteca.

Un bandido lo ve, sus miradas se cruzan y ambos tienen miedo, el bandido tiene un arma, Macehual no, lo único que puede hacer él es cerrar los ojos y apretar más su saco, pasa rápido, siente un frío mortal en el pecho mientras el arma del bandido se hunde hasta llegar al corazón. Abre los ojos y su asesino ya huye en otra dirección. El saco de Macehual se rompe, los granos de cacao y maíz fluyen de él como un río, Macehual cae encima de ellos, se empiezan a manchar de sangre lentamente. Lo último que Macehual recuerda de su vida es una mano fría que se posa en su nuca. Es la Reina piensa mientras cierra los ojos por última vez.

Voy saliendo del río. Me he desplazado muchos kilómetros llevado por la corriente pero se que estoy en el camino correcto. Apenas he dado unos pasos en el sendero cuando la niebla empieza a despejarse. Como un guardián, un árbol guarda los bordes de una frontera invisible, llegado a este punto Xólotl da un aullido, me dedica una mirada y regresa corriendo por entre la niebla.

Arriba se ve negro, yo se que es el techo de la caverna. El cielo se va inclinando a cada paso que doy, sigo el camino del norte como ya se ha hecho y se seguirá haciendo. El cielo toca el suelo, el techo de la caverna se convierte en una solida pared con una única puerta custodiada por dos columnas de piedra, dos búhos posados en las columnas me miran al pasar. Llego al fin, he venido a liberar mi tonalli. Los reyes están al fondo, camino hasta el fin de la habitación y me postro ante Ella, la reina Mictecacíhuatl, la Dama de la Muerte. La Santa Muerte.൦ൽ

RAMÓN Y MARIANA

Jorge Martínez Martínez

Después de algunos años de sacrificios formando una familia, al quedarse solos habiéndose ido del hogar los hijos, Ramón y Mariana habían planeado viajar a su pueblo natal para disfrutar de unas vacaciones, las primeras después de muchos años.

Una mañana de noviembre, después de unos días de la conmemoración de los fieles difuntos, Ramón había llegado feliz a su casa, informándole a su mujer que por fin podrían dejar por un tiempo el ruido de la ciudad de Sahuayo, Michoacán, y viajar a su tranquilo e inolvidable pueblo de origen, una belleza de pueblito enclavado en una hermosa arboleda, a la que le llaman Sierra del Tigre (por el rumbo de Mazamitla, Jalisco); sierra umbrosa y agradable, que se ha contraído, dado que no faltan los hombres inhumanos que acaban con todo, en este caso, con los pinos y abedules, al descabezar cerillos y tirarlos a los matorrales descuidadamente.

Después de escuchar a su marido, Mariana se concentraba en empacar todo lo que necesitarían lejos de su casa, mientras Ramón había ido al taller para que le hicieran una revisión general a su camioneta. Su taller preferido lo atendía uno de esos mecánicos a los que, cuando el sol sube a lo más alto de su camino diario, los atosiga tal sed que sólo se la desprenden de la garganta con gruesos tragos de cerveza, de las grandes, de las envasadas en enormes botellas barrigudas.

Al mecánico lo encontró Ramón en su tarea predilecta, la de consumir, ceñudo, ese líquido agrio y amarillo.

El "maistro" le movió los fierros al carro, y hablando de fierros, le pidió una buena cantidad de éstos por el arreglo que dijo que le había hecho al vehículo.

Cuando regresó a su casa, se alarmó al encontrar a su mujer cejijunta e inquieta, y después de preguntarle el motivo, le dijo que a los pocos minutos de que él se había ido al taller, le había tocado la puerta una mujer delgada y pálida, como los cirios pascuales de los templos; que con insistencia le había recomendado que suspendieran el viaje; que lo hicieran en otra ocasión.

Pero como ella, Mariana, en verdad deseaba las vacaciones, de pronto había juzgado a la mujer de "lucas", pero que luego se había acongojado.

-Ha de haber sido una de esas "lurias" que pronostican el fin del mundo —expresó, cínico, Ramón.

Después de los preparativos, los esposos iniciaron el viaje ese mismo día, ya tarde, por lo que el hombre tendría que manejar de noche durante una buena parte del camino.

En la carretera, mientras el viento lanzaba horribles silbidos que se metían por las ventanillas semiabiertas de la camioneta, Mariana no dejaba de pensar en la visita de la extraña mujer, en tanto que Ramón notaba cierta falla en el vehículo, y se acordaba de la progenitora del mecánico, y, de paso, del que le había vendido las cervezas, que le habían baileteado en la cabeza mientras le metía mano al motor de su camioneta, la que, de pronto, se había quedado sin luces a media carretera.

-¿Qué pasa? —preguntó Mariana, nerviosa en sumo grado.

-No se; parece una falla eléctrica.

-¿No fuiste al taller mecánico?

-Sí, sí fui; pero el "maistro" tomaba cerveza mientras trabajaba, y quién sabe qué le haría.

-¿Y qué vamos a hacer, Ramón? Ni modo de quedarnos aquí.

-No, ni lo quiera Dios, estamos a un kilómetro de la gasolinera de Valle de Juárez, Jalisco, y tal vez empujándola...

-¡Yo no voy a descuartizarme el espinazo! Ay, Dios, pero tampoco podemos dejar aquí el vehículo –repuso, alarmada la mujer; provocaríamos un accidente o que un trailer la aventara a la barranca, como hacen con las vacas y con los burros.

Después de un rato, se decidieron a empujarla.

Cuando llevaban unos metros, una luz que avanzaba hacia ellos les hizo pensar que recibirían ayuda, por lo que Ramón se paró en la línea amarilla de la cinta asfáltica, pidiendo auxilio. Pero, pasó un auto a gran velocidad, arrojándolo contra el pavimento, donde quedó tendido, sin vida.

Mariana se acercó, espantada; se arrodilló ante el cadáver y empezó a llorar horriblemente. Un viento helado, chiflando su aterradora melodía, le enrojeció las orejas.

Y de pronto, frente a ella, mirándola fijamente, vio a la extraña mujer que en la mañana había estado en su casa pidiéndole que no viajaran en esa ocasión.

También se arrodilló ante el cadáver, al tiempo que le decía a Mariana:

-Récele, señora, récele, antes de que me lo lleve a rendirle cuentas al Creador.

SANTÍSIMA

José Xermán Vázquez Alba

-Es una pendejada. Yo no creo en los poderes divinos... Entiendo que estamos aquí, los hombres, por una casualidad y que debemos aprovechar este juego que le llamamos vida. La forma en cómo me divierto es haciendo dinero. Me gusta el dinero. Me da lo que necesito, lo uso para darme los gustos que quiero-, dijo, en medio de la terraza de mármol verde, con atractiva vista nocturna a la ciudad, Anastasio Balderas, frente a sus invitados, gente con múltiples negocios. Estaba ahí, para contar con su anuencia y bendición, el Obispo de la Diócesis, entre vasos de whisky y copas de coñac.

Como siempre, negaba su relación y aprendizaje con el mundo espiritual. Sobre todo, ante quienes se relacionaban con la política y no sabían ni tenían ninguna clase de acercamiento con el grupo de los cuatros, donde se preparó como un Guerrero Jaguar y con el tiempo aprendió a estar en dos o más lugares al mismo tiempo por las noches.

En el mismo momento, a kilómetros de distancia, en la montaña sagrada del Culiacán, Anastasio Balderas en su calidad de Guerrero Jaguar participaba en uno de esos ritos misteriosos, entre el bagaje cultural del mundo prehispánico, judío-cristiano y las nuevas formas de adoración que ahora tienen los mestizos que forman la nación y entre quienes buscan recuperar el antiguo Imperio del Anáhuac, a partir de la terminación de un ciclo de 52 mil años claramente definido por los oráculos: *"Tenemos que definir quien debe gobernar, capaz de recuperar el Imperio, y trazar una política distinta, al concluir un ciclo masculino e iniciar uno femenino, donde el amor por los seres vivientes, criaturas del Dador de la Vida, Hubnaku(*), deben ser objeto de las mejores obras, respetando la naturaleza... la conservación del equilibrio y la armonía conque fue creado el universo"* -, decía en ese momento Germán Vaal, El Sacerdote del grupo, en la parte mas alta de la montaña Sagrada, elevando los brazos hacia el infinito, dirigiendo la vista al espacio, observado por el mismo Anastasio Balderas y por Carmen Dolores Olvera, la Hechicera.

****

En color hueso, con una veladora iluminándola, la Santa Muerte servía de marco a la fotografía de: Marcelo Luis Ebrard Casaubón ~nació en la ciudad de México 10 de octubre de 1959, afiliado al Partido de la Revolución Democrática y Jefe de Gobierno del Distrito Federal. Comenzó su carrera política como miembro del Partido Revolucionario Institucional. Fue diputado federal por el Partido Verde Ecologista de México pero nunca perteneciendo a el. Fue Secretario de Seguridad Pública del Distrito Federal hasta ser destituido por el entonces Presidente de México Vicente Fox. De ascendencia francesa, estudió Relaciones Internacionales en el Colegio de México así como una especialidad en administración pública en París, Francia. Tiene tres hijos de su primer matrimonio. Una semana después de las elecciones del 2 de julio de 2006, Ebrard contrajo nupcias por segunda ocasión con la actriz, pintora y escultora, Mariana Prats. No reconoce como legítimo al gobierno del presidente Felipe Calderón Hinojosa, "por haber llegado al poder de manera fraudulenta". En este color, hueso, La Santísima Muerte es recomendada para mantener la paz, la armonía y el éxito.

(*) **Nota del editor:** En la simbología maya, Hubnaku es un sol central de donde fluye toda la energía.

****

El Sacerdote, preparaba, en la cima de la montaña sagrada, el altar donde se realizaría el gran rito a la Santa Muerte. Llevaba ocho domingos en esa tarea. Así lo establece el ritual. De lo contrario, de nada serviría intentar el contacto con la Santísima. Germán roció el sitio con su pócima. Colocó a la Santa, en color negro, al centro del altar, sobre el manto morado con vivos amarillos. Encendió una vela blanca. Vació en un recipiente de plata el agua de las siete iglesias, con las siete ramas de romero, preparación que había logrado siete días antes. El recipiente lo colocó a los pies de la imagen. Pasado tres veces siete minutos regó el líquido en el altar, hasta asegurarse del rocío en los nueve escalones que descienden al mundo de los muertos. Sobre el piso central de la herradura oró siete veces: *"Romero bendito, de Dios consagrado, que fuiste nacido, no fuiste sembrado/ Romero bendito, por la virtud que Dios te ha dado, te pido que entre lo bueno y se vaya lo malo".* Rezó un Padrenuestro y tres Aves Marías, para que la Santa Muerte siempre este de lado del grupo y ayudarle en sus responsabilidades: Encontrar al hombre o la mujer que gobernará en la primera etapa del nuevo ciclo de 52 mil años para recuperar el Imperio: *"Muerte Querida de mi corazón, no nos desampares de tu protección y desde este momento cubre nuestra nación para que atraigas energías blancas del Universo para que nunca falte nada y que todas nuestras necesidades sean cubiertas por el Gran Dador de la Vida- ...Por las virtudes que tú posees lograremos vencer obstáculos y no se interpondrán personas que nos hagan mal, sino gente buena y positiva. No ambicionamos riquezas, sino una vida justa y sin carencias. Queremos tu protección de noche y de día....".* Volvió a rezar tres Padrenuestros y encendió una nueva vela blanca para agradecer los favores de Hubnaku, así hasta completar siete velas.

****

Las fotografías de los probables enmarcadas, con su respectiva Santa Muerte en colores distintos, pero cada uno, dispuesto así por Germán Vaal: existen los retratos de otras mujeres y hombres, pero aún no habían sido resguardadas por la Santísima, ni seleccionado su color.

***

El reflejo en color dorado, era la de Enrique Peña Nieto ~nacido en Atlacomulco, Estado de México, el 20 de julio de 1966, militante del Partido Revolucionario Institucional, PRI, y Gobernador del Estado de México. Con Mónica Pretelini, tuvo tres hijos. El vínculo marital se mantuvo hasta el deceso de ella, el 11 de enero de 2007 por una crisis convulsiva que derivó en un paro respiratorio. El 18 de noviembre de 2008 aceptó públicamente que mantenía una relación con la actriz Angélica Rivera. Abogado por la Universidad Panamericana. En el Instituto Tecnológico y de Estudios Superiores de Monterrey obtuvo maestría en Administración de Empresas. Fue Diputado local. El 14 de enero de 2005 protestó como candidato a Gobernador y luego se sumaría el Partido Verde. El 15 de septiembre de ese año protestó como Gobernador del Estado de México. La Santísima representa en este color, dorado, el poder económico, el éxito, el dinero.

****

Carmen Dolores Olvera, una mujer preparada, bajita de estatura, era la Secretaria de Hacienda del país. Estaba confundida, dudaba sobre el rito a la Santa Muerte. El oráculo de los mayas, el calendario, la sabiduría de los teotihuacanos y los toltecas; su fe en Jesús era para ella, suficiente para continuar por ese sendero, sin prescindir nunca, de la madre Guadalupe, Reina de América, sostenida sobre esa media luna, el ombligo del mundo, para poder encontrar al próximo presidente de México.

El que no estaba presente en ese rito, era Alejandro Cabrera, el Guerrero Águila, quien después de haber sido elevado a ese rango, en la pirámide del Sol, en Teotihuacán, comenzó a tener mucho distanciamiento con Anastasio Balderas: "Es un materialista... todo lo ve con ojos de negocio. Todo el dinero lo quiere para él. Nos equivocamos al envestirlo de Guerrero Jaguar, pues ahora utiliza ese poder, sólo para su beneficio. Su constructora toma contratos, lo mismo que para carreteras, avenidas, que para la construcción de fraccionamientos. El dinero lo ha obtenido incluso atentando contra la naturaleza, como queda claro en su contratos en Cancún, en la Península de Baja California, y construyéndole a Vicente Fox y a los hijos de Martha Sahagún, refugios y negocios en distintos puntos de México".

***

La fotografía de doña Josefina Eugenia Vázquez Mota, estaba enmarcada en color blanco: ~nació en el Distrito Federal, el 20 de enero de 1961. Economista, empresaria y política, militante del Partido Acción Nacional, PAN. Tiene postgrado en el Instituto Panamericano de Alta Dirección de Empresas. Diputada en la LVIII Legislatura. Solicitó licencia al cargo al ser designada por el presidente Vicente Fox como Secretaria de Desarrollo Social, Renunció al cargo para incorporarse a la campaña de Felipe

Calderón Hinojosa candidato del PAN a la presidencia. Felipe Calderón Hinojosa, ya presidente, la nombró Secretaria de Educación Pública, puesto al que renunció para ser candidata a Diputada. En color blanco, la Santísima representa la purificación total. Ayuda a limpiar toda energía negativa, principalmente donde abundan las envidias y los rencores.

* * *

Anastasio preparaba el rito. Sabía que sólo serían ellos tres, pero que el Guerrero Águila asumiría como suyo el trabajo por ellos realizado. Había ordenado levantar, en lo más alto del Culiacán, el altar a la Santa Muerte, imagen de unos 75 centímetros de altura. Estaban los escalones para descender al reino de la Muerte. Formando una "U", por el exterior de la herradura, cráneos encontrados en diferentes excavaciones, desde Zacatecas hasta Nicaragua. Algunos de ellos mostraban las huellas del sacrificio, por lo que se estimaban que eran de un alto valor.

Aquella imagen que se tiene de la muerte, nada que ver con la colocada en el altar, entre grandes cirios, de todos colores, resplandeciendo a la luz de una luna llena que ilumina no solo la montaña sagrada, sino que permite divisar desde ahí Cortazar, Salamanca, Irapuato, Silao, Celaya, los Apaseos, Querétaro. La imagen que muchos imaginan como siniestra, dolorosa, cruel y fría, evoluciona, se transforma, para trascender a niveles de carácter Supremo, hasta alcanzar a HubnaKu. Junto a la Santa Muerte, una hermosa Rosa Blanca. Dicen quienes le adoran, que para los no iniciados, se esconde la imagen, y se hacen los ritos frente a una rosa blanca.

Sobre el altar, hacia el lado derecho y al izquierdo, las fotografías, enmarcadas con la imagen de la Santa, en distintos colores, personajes de la vida política. Una o uno de ellos, será presidente de México.

* * *

La Hechicera, se repetía a sí misma: *"¿Por qué este rito, por qué la Santa Muerte que esta relacionada con quienes viven situaciones de alto riesgo? La llevan militares, policías, narcotraficantes, delincuentes, malandrines, malvivientes y prostitutas: gente que acostumbra vivir en el filo de la navaja, entre lo bueno o lo legal y los excesos. No acabo de entenderlo"*, se dijo, mientras observaba detenidamente la llama de uno de los cirios encendidos.

* * *

Sobre el altar, fruta, dulces de chocolate, miel de abeja pura, pan, en rebanadas, integral, de trigo, botellas de Tequila, Brandy y Ron. Agua de nacimiento; doce vasos grandes, de cristal transparente, entre cada botella de licor, entre los dulces. Una caja de Puros. Anastasio Balderas toma uno, lo enciende, y el humo lo expulsa sobre la imagen de la Santa Muerte, y reza: *"Santísima Muerte yo te llamo, yo te imploro para que venga a nosotros la fortuna, la riqueza y el éxito para encontrar a quien dirija los destinos de nuestra nación y recupere el antiguo Imperio, y que nunca falte el sustento, la armonía, el equilibrio y la paz. Ilumínanos a nosotros, los cuatro, como cuatro son los puntos cardinales, como cuatro son las extremidades del cuerpo humano, como cuatro son las etapas de la vida, y retíranos la envidia y el odio, en ésta obra y en esta tu casa. Gracias Señora mía por los favores recibidos"*.

Se quema mucho copal, el humo forma una neblina, de pronto hasta la luna pierde luminosidad, como traslucido el momento, del rito. Se queman varitas de sándalo, al centro, antes de la escalinata. Mirra "para evitar envidias, odio y malos pensamientos". En los extremos de la herradura, incienso de Rosas, "para que impere el amor" y de Almizcle: "para la salud y la purificación del ambiente para evitar que entren enfermedades al país".

*** *** ***

Los que intentan recibir el espíritu de la Santa Muerte creen que con tan solo rogar ardientemente, entonces ella descenderá sobre ellos, pero tal fe no tiene nada que ver con la verdadera presencia de la Santísima. De pronto resplandeció una luz intensa en el medio del cielo y dijo: "Hagan lo que saben que tienen que hacer y, en este mismo sitio, una vez levantado mi Santuario, en cuarenta días y sus noches, estableceremos la Alianza que los lleve a elegir a quien recuperará el Imperio del Anáhuac en el nuevo ciclo. Si se cumple, estaremos aquí en el año once, del mes doce, a las cero horas, y les será revelado el secreto. Desapareció la luz, se silenció la palabra, su verbo"...

Carmen Dolores quiso explicar: "Ahí están las fotografías, aun sin marco ni color de otras mujeres, como Amalia García, Beatriz Elena Paredes Rangel, ...y otros hombres: Manlio Flavio Beltrones o Fernando Francisco Gómez Mont , Andrés Manuel López Obrador y el yunkista, Emilio González Márquez"...

Le pareció escuchar la voz del Sacerdote que afirmaba: *"Los tendremos en su oportunidad"*.

Biografías de los autores en orden alfabético:

Fernando Álvarez Téllez
OFF THE RECORD

(Ciudad de México, 1980). Licenciado en Ciencias de la Comunicación por la Universidad Nacional Autónoma de México. Especialista en lucha libre mexicana. Fue director de la revista Box y Lucha, y ha publicado textos en la revista Milenio Semanal. "Off the record" es su primer cuento publicado.

Juan Ambrosio
EL FRÍO DE LA SANTA MUERTE

Escritor y fotógrafo, nació en la Ciudad de México. Desde hace varios años investiga los cultos y tradiciones populares en todo el país. Ha escrito numerosos ensayos sobre la Santa Muerte y conoce a guardianes, brujos y chamanes que trabajan con ella. Es autor del libro "La Santa Muerte, Biografía y Culto", de Editorial Planeta y ha participado con sus escritos en distintos revistas que tratan del tema. Es invitado constantemente en distintos programas de radio y televisión en México para hablar sobre el tema, además de que es asesor de la Red de la Santa Muerte.

Eduardo Jorge Arcuri
LA SEÑORA

Nacido en San Martín, Buenos Aires, Argentina el 28 de noviembre de 1946 hijo y nieto de literatos, comenzó a escribir desde niño. De joven se rebeló contra la herencia del oficio familiar, dedicándose a la física. Hasta que una jugarreta del destino lo postró en silla de ruedas frente a una máquina de escribir, permitiéndole descubrir que la literatura, definitivamente, forma parte de sus genes. Hoy, con la motricidad recuperada, se desempeña como escritor profesional con varias publicaciones en diferentes editoriales. Sus servicios como escritor *freelance* y autor fantasma le permiten asumir la responsabilidad de ser un trabajador de las letras hispanoamericanas.

Angélica Cabrera Sanabria
LA SANTA MUERTE ENTRE LAS MILPAS DE MAÍZ

Originaria de la ciudad de Morelia, Michoacán. Joven actriz de teatro, emprendedora que busca mediante las artes expresarse y compartirlo con los demás. De sueños muy grandes por realizar, va abriéndose camino poco a poco sin apresurarse, observando, escuchando, escribiendo, viviendo... Con un primer cuento de tantos que escribirá, es el comienzo a esta nueva actividad que desde niña le inquieta y desea hacerla parte de su vida como lo es el teatro.

Juan Carlos Carvajal Sandoval
CONTACTO

Nacido en Colombia hace 30 años. Graduado de la Universidad Nacional de Colombia. Escritor, poeta, escribe su propio blog. Ama las letras.

Salvador Sáenz
VOCES PERDIDAS EN EL TIEMPO

Matamoros, Coahuila, Mexico. Informático, escritor y cantautor. Ha publicado cuentos en los libros colectivos Mañana tampoco y Acequias de cuentos. Primer lugar en el Premio Estatal de Cuento Coahuila 2007 "San Antonio de las Alazanas". Primer lugar en el Concurso de Cuento Navideño 2003 organizado por la Casa de la Cultura de Gómez Palacio. Ha cantado en los principales bares de La Laguna. En agosto de 2005 presentó a los medios la maqueta "Mecanismos de defensa", con once canciones de su autoría. Forma parte del disco doble conmemorativo del Centenario de Torreón, "Un Canto en el Desierto".

Adriana Castellanos López

NOCHES DE RONDA, PASIÓN Y DESTINO

Nacida en Guadalajara, Jalisco el último día del año 73. Comunicóloga de profesión y curiosa de las letras. Esta es su primera participación en un concurso literario, actualmente prepara una novela a propósito del bicentenario.

César Javier Chagoya Saldívar

LA ESCALERA

(Ciudad de México, 1982). Poeta y narrativo. Estudia Filosofía en la UNAM. Publicó, principalmente, poesía en el suplemento cultural El Caracol del Viento del periódico Acontecer de Ecatepec y en La Tinta Suelta de Toluca Estado de México y la revista Por mi culpa. Colabora en la edición de la revista independiente Al Tiro. Sus principales obras han sido los poemas: "Amanecí muerto hoy" y el poemario "Memorias subterráneas". Recientemente ha aportado los trabajos de "Bajo la sábana" y "La pregunta" a la publicación Tierra Adentro del Consejo Nacional para la Cultura y las Artes.

Belén Cisneros Juárez

LA SANTA MUERTE Y EL MAL DE AMORES

Nació en la Gran Ciudad de México Distrito Federal, una tarde del 30 de diciembre de 1985. Con apenas 24 años, ya es licenciada en Ciencias de la Comunicación, empresaria, escritora de cuentos, guiones y obras de Teatro. Su rotunda pasión por el Cine, la ha llevado a perseguir sus sueños realizando cortometrajes, animaciones y muchas actividades más. El futuro es incierto y le depara grandes cosas; en sus propias palabras, "No basta con ser buena, hay que ser la Mejor"

Rafael Timoteo Corro Pérez

NIEBLA, EL CAMINO DEL MICTLÁN

(Puebla, México, 1988). Nacido en la ciudad de Puebla nunca ha vivido allí, su vida ha transcurrido en Tlaxcala, Veracruz, Chiapas y actualmente en Monterrey. Es estudiante de periodismo en el ITESM, campus Monterrey. Es ganador del segundo lugar en el concurso "Historias con ADO" y tiene varios proyectos en puerta, incluyendo una novela y una colección de cuentos acerca de la ciudad de Monterrey.

Carlos Alejandro Cortés Alonso

LA MUERTE AGRADECE

Uruapan, Michoacán, México; Marzo 30 1986. Pasante Jurista, fundador del Comité Autónomo Nicolaita de la Cultura y las Artes, FDCS-UMSNH. Cuentista y escritor de verso libre. Lector de autores Latinos sobretodo, algunas distinciones en letras de diversas modalidades. Inquietudes desairadas impulsan mi estilo a donde haya lugar, a donde las ideas sean mas que pensamientos.

José Ricardo Durán Barroso

EL ÚLTIMO DÍA DE LA ESPERA

(1988) Estudiante de economía de la universidad Nacional de Colombia. Se desempeña como programador web y editor de la revista la Banalité. Poeta por naturaleza, intenta manifestar este arte como un producto de la pasión y del ingenio. Define la claridad como una mezcla precisa de luz y oscuridad, esta filosofía aplicada a su arte, hace que se recorra como si de un peñasco se tratase, a veces hostil, a veces fértil y apasionado.

Jaime Garba

LA TÍA SANTA

(1984) Psicólogo, Escritor y Promotor Cultural, se ha desempeñado como editor, ha escrito libros de cuento, poesía, guiones de cortometrajes y de teatro, además de colaborar como periódista y columnista en diferentes medios impresos del pais y de Estados Unidos Actualmente es presidente de la editorial independiente "Infrasol", es coordinador de Difusión Cultural del Centro Regional de las Artes de Michoacán, perteneciente a la Secretaría de Cultura del Estado y es corrector de estilo del periódico "Klaroscuro" en Zamora Michoacán.

Hemil García Linares

PARA OTRA VEZ SERÁ, LINDO

(1971). Periodista y escritor. Egresado de la Universidad Bausate y Meza. Publicó artículos en el diario El Comercio (Perú) y en periódicos latinos de Estados Unidos. Sus cuentos figuran en antologías de México, Estados Unidos, y Argentina. Finalista del Concurso Internacional de Cuentos Junín País 2008 (Argentina).Toma clases de literatura en Northern Virginia Community College. Desde el 2000 reside en Virginia, Estados Unidos donde labora como Editor de la revista Raíces Latinas. En su periplo americano ha desempeñado labores disímiles como intérprete, vendedor de autos, Bróker de Seguros y leñador. Ha publicado "Cuentos del Norte, Historias del Sur" un libro de cuentos con temática de inmigración, terrorismo, guerra, discriminación. Dicho libro fue presentado en el 2009 en la Universidad Grand Valley State University Michigan donde el autor asistió como escritor invitado con motivo del Mes de la Herencia Hispana. Tiene una novela inédita por publicar a finales del 2010.

María Fernanda García Lozano

CAFÉ EXTINTO

(Monterrey, México, 1989). A los diecisiete años publica la antología de cuentos "Tres narradoras" a través del Colectivo Artístico Morelia A.C. Ese mismo año (2007) fue seleccionada con el cuento "Despuesito del Rio" en el Concurso Aenigma en España. En el 2010 concluye la novela "lo que resta de la vida" participante en una convocatoria en Barbastro. Actualmente estudia medicina en Salve Regina University, Newport Rhode Island.

Obed González Moreno

¡SÉ CUMPLIR... SÉ CUMPLIR!

(México, D.F. 1969). Escritor, egresado de la SOGEM y actualizado en pedagogía por la SEP. Escribe Para revistas de instituciones educativas como La Universidad Complutense de Madrid; La Universidad de Zaragoza, La Universidad de Murcia y La UNAM, entre otras. Artículos de su autoría han sido integrados en Scientifics Commons de La Universidad de Saint Gallen en Suiza. Textos de su autoría forman libros de México; Perú, Argentina, España y Polonia. Fue galardonado con el segundo Lugar Internacional en el "Primer Concurso Interdisciplinario de Arte 2007" en el género de ensayo con el libro: "La nota roja y policíaca en el Cine Mexicano: Breve apreciación sociológica en el Cine Nacional" en Argentina y Mención Honorífica en el "Primer Certamen Mundial de Poesía Erótica 2007" en Perú. Entre otros.

Luis C. A. Gutiérrez Negrín
EL OLVIDO

Ingeniero geólogo, nacido en Mérida, Yuc., en 1952. Actualmente está jubilado de la CFE, es consultor y editor de la revista técnica Geotermia. En 1991 obtuvo el VIII Premio Nacional Puebla de Cuento de Ciencia Ficción, en 1993 el Premio Guazacoalco del VII Certamen de Cuento Corto, en 1999 el primer lugar en el concurso de Cuento Fantástico del periódico La Voz de Michoacán, en 2002 y 2003 el tercer y primer lugar del IX y X Premio Nacional de Cuento Carmen Báez, respectivamente, y en 2009 el primer lugar en el concurso del X Encuentro de Escritores en la Ribera "Chapala Puros Cuentos".

Jorge León Escalera
EL UMBRAL

(Puebla, México, 1983). Publicista, músico y escritor, la influencia autodidacta en su educación marcó su formación creativa. Probablemente haya sido su temprano gusto por el dibujo lo que terminaría convirtiéndolo en escritor, pues fue con un lápiz que primero trazó las historias en su mente. Más tarde se inclinó por la música, siendo compositor y ejecutante tanto en bandas de rock como independientemente, presentándose en bares y eventos, y realizando producciones comerciales y artísticas. Finalmente, al concluir sus estudios de publicidad, decidió formalizar su muy corta carrera como escritor, considerando la publicación de sus trabajos.

Carlos López Ortiz
ENTRE LA DELGADA LÍNEA

Nació en Chicago IL. EU., en 1977. A los diez años viajó a México, al sur de Guanajuato donde actualmente radica. Se considera un "moro-gato" (término que se utiliza coloquialmente a los hijos de un padre uriangatense y madre moroleonesa). Estudió la licenciatura en Filosofía. Es miembro del grupo cultural Andamnios. Ha editado los libros: Versos de Libertad (2001) y Voces del Tiempo (2003). Forma parte de los colectivos aires del sur (1999), la manzana de la discordia (2000) y échate un trompo al aire (2002). En el 2007 obtuvo la segunda mención especial en el concurso audiovisual atravesando fronteras de Argentina.

Cinthia Marisol López Sánchez
EL FAVOR

Becaria por parte del Fondo para la cultura y las artes del Estado de México, 2010. Hacedora de historias, corruptora de palabras, pescadora de momentos mágicos y agente de viajes imaginarios.

Jorge Martínez Martínez
RAMÓN Y MARIANA

Estudió filosofía y letras, en dos seminarios tridentinos, uno localizado en la ciudad de Tacámbaro, Mich. y el otro en Jacona, también del estado de Michoacán, México. Desde hace 40 años ha escrito una columna de nombre "Narraciones de Misterio", para los medios informativos michoacanos. Desde hace 15 es director de un periódico regional, La Verdad, editado en la ciudad de Sahuayo, con distribución en la Ciénega de Chapala. Ha recibido algunas satisfacciones, en primer lugar, la preferencia de los lectores, que semana a semana adquieren un ejemplar para leer lo que él escribe. Ha ganado premios nacionales: uno organizado por el Bancomer, titulado: "Cuéntame un cuento". La revista Yage Internacional, editada en dos idiomas por don Luis duarte, en Salzburgo, Austria, con tiraje suficiente para algunos países donde se habla Alemán y español, le ha publicado tres reportajes y un cuento corto.e."

Iván Medina Castro

GRAND FUNK

Nació el 29 de noviembre de 1974 en la Ciudad de México y desde entonces radica en ella -aunque ha habido algunos periodos que ha vivido fuera de México-. Estudió la carrera de Relaciones Internacionales e inició un posgrado en Negocio Internacional. También ha tomados diversos talleres y cursos literarios, así como un diplomado en creación literaria. Actualmente está estudiando francés para integrarse por completo a la vida en Montreal, Canadá.

Erik Michel Morrison Loaiza

MICTLANTECUHTLI

Oriundo de Tijuana e hijo de la tercera nación. Nombre de una imagen derretida que vive a cada instante la metamorfosis del segundo, consciente de la irracionalidad y viajero de existir. Por el momento, se encuentra en el laberinto de calles y gentes, edificios, sonidos y olores. Le repugna el concepto del Vaticano, le gusta la cerveza oscura y los Panchos.

Héctor Luciano Pérez García

CARICIA DE AMOR

(Ciudad de México, 1956), está consagrado a escribir y leer sobre temas de fantasía, terror y ciencia ficción. Tiene un libro publicado: "Cuentos fantásticos de la ciudad de México o aventuras en Mexicópolis", de 2002, por el Gobierno de la Ciudad de México y Editorial Praxis. Vive en el barrio bravo de Tepito desde siempre, en una casa habitada por duendes y fantasmas, con los que convive a diario sin mayores problemas. Es devoto tanto de la Santa Muerte como de la Virgen María, en quienes ve los dos lados de una misma divinidad. También adora a los gatos.

Juana Romero Medina

LA MADRE ADOPTIVA

Nacida en Guanajuato Gto. radicada en Morelia Mich.
Actriz, Publicista, trabajadora de los medios de comunicación. Incluye dentro de sus sueños el amor por escribir narrativas, cuentos, poesías, ensayos teatrales, de los cuales uno se ha llevado a escena. La primera oportunidad de exponer sus escritos, en el Taller Literario del Colectivo Artístico Morelia. Es miembro del Grupo Cultural "El Noveno Invitado" teniendo la suerte de ver nacer el primer libro de este grupo, en el cual le editaron Narrativa y Poesía, el mes de mayo del 2009, así como varios poemas en diferentes publicaciones del grupo. (Revistas). Actualmente vigente en todas las actividades mencionadas.

Fernando Rivas Castillo
TESTIMONIOS DEL ABUELO
Premio-Primer lugar en narrativa-convocado por el Seguro Social-Sedesol-Dif. Premio-Primer lugar en canciones inéditas, convocado por Conaculta de México, logrando el Cd. "Amor, desamor y algo más" -sin editar 40 canciones. Diploma y disco por canción ganadora "Mujer Yucateca•-convocado por radiodifusora XEFC. Diploma-por la cancion "Pobre Joven" convoca "El museo de la canción Yucateca". 20 Cuentos editados en suplemento dominical del Diario del Sureste. Mérida, Yuc. Mex. Diploma -de la Universidad Autónoma de Yucatán, por concurso de cuento "Un mundo sin papel". Diploma y edición del Inst, de Cult. de Morelia, Mich. por el cuento "Los sentimientos de Flora". Diploma por el cuento "La sonrisa de Juanito) patrocinado por "Inst. de Trab. de Yuc." Premio primer lugar(2006) por poema día de las madres-patrocinado por la difusora "Grupo Rivas". Premio primer lugar(2007) por poema día de las madres-patrocinado por "Grupo Radio Fórmula". Premio primer lugar (2008) por poema del día de las madres-patrocinado por "T.V.AZTECA YUC.". Edición de la novela "A quien le venga el saco".

Luis Antonio Rivera Rangel
HISTORIA DETRÁS DE UNA NOTA PERIODÍSTICA
(Ciudad de México, 1982). Narrativo. Licenciado en Biblioteconomía, estudió en la Escuela Nacional de Biblioteconomía y Archivonomía (ENBA). Ha colaborado en la revista Tierra Adentro, del Consejo Nacional para la Cultura y las Artes. Ha participado en certámenes de relato como "Fútbol y literatura", del Instituto Goethe de Alemania y el "concurso anual de mini cuento", de la revista Asfáltica. En 2005 obtuvo el segundo lugar en el concurso de cuento que la ENBA organizó por su 60 aniversario."

Zaida Cristina Reynoso Camacho
LA SEÑORA
Originaria de Zacatecas, Licenciada en Letras por la UNAM, becaria del FONCA y ganadora de múltiples premios, preside en la ribera de Chapala, Jal. El "Colectivo Cultural El Quijote" que ha realizado diez encuentros de escritores bajo el nombre: "Chapala, Puros Cuentos". Dirige "Ediciones Clavileño" con más de doce títulos en su haber. Autora de: "Mis Estampas", "Aunque la Justicia es Ciega", "Chavos", "Los Jugadores de Pelota" , "Bajo el Signo de Selene" y "El Chapala de Natalia. Conferencista y tallerista reconocida en toda la región.

Odesa Santa Cruz
DE NUEVO EN CASA
Declamadora, narradora y poetisa (aficionada). No tiene nada publicado. Oriunda de Santa Cruz del Norte, en la Provincia de La Habana. Traductora de profesión. Ha obtenido algunos premios, tales, como: - Primer Premio en Actuación Unipersonal en Festival del Adulto Mayor, (Casa de la Cultura de La Habana Vieja); - Primer Premio de Narrativa en el Concurso "Mina Pérez", (Casa de la Cultura de Santa Cruz del Norte) - Gran Premio de Narrativa en el Concurso Morro-Cabañas (1997); - Mención en Narrativa en Festival de Aficionados del Adulto Mayor (Casa de la Cultura de La Habana Vieja).

María Elena Solórzano

ELLA FUE MI GUÍA

Nació el 9 de abril de 1941 en Cd. Delicias Chihuahua. Profra. de Educ. Primaria, Bióloga (Escuela Normal Superior de México), Lic. en Letras Hispánicas por la UNAM. Poeta y Cronista de Azcapotzalco PREMIOS NARRATIVA Concurso Semanal de Cuento Corto con "Los cactos", Revista Mexicana de Cultura, EL Nacional, México, 19 de abril, 1981. Concurso Semanal de Cuento Corto con "Colonia Terrícola en Titán", Revista Mexicana de Cultura, El Nacional, México, 23 de agosto, 1981. Concurso Semanal de Cuento Corto con "Un herido en el metro", Revista Mexicana de Cultura, El Nacional, México, 23 de mayo, 1982. Concurso semanal de Cuento Coro con "Su amor llegó de las estrellas", Revista Semanal de Cultura, El Nacional, 1º de agosto, 1982. 2º. Lugar en el Concurso Sábado…Distrito Federal con la crónica "María, la de Tacuba", Dirección General de Culturas Populares, Familia y Sociedad, A.C., México, 1988. Miscelánea I,II,III. FES, ZARAGOZA, UNAM Ha participado en múltiples antologías tanto de México como del extranjero. Tiene publicados 20 libros de poesía y 5 de narrativa.

José Xermán Vázquez Alba

SANTÍSIMA

Nació en la ciudad de México en 1952. Por cuestiones de la vagancia caminó casi por todo el territorio nacional, y por cumplimiento con el destino, se radicó en Celaya, Guanajuato. Es Reportero. El lanzó el primer noticiero por radio en el centro del país en Celaya. Hizo familia con Ma. Esther Rosales como su compañera, tuvieron a Yamel Georgina y Yezod Israel. Hoy se suma Ernesto Zárate, el primero de los nietos. Es hermano de sangre del Brujo Mayor de México. En su primera etapa gano varios premios por obra de teatro y cuento, en la UNAM y certámenes nacionales. Ante los kilómetros recogidos, hoy la Santa Muerte es su amiga, y pronto serán amantes.

Irma Verolín

LA ESTATUILLA ESCONDIDA EN EL ROPERO

Estudió letras en la Universidad de Buenos Aires y ha publicado tres libros de cuentos: "Hay una nena que gira", "La escalera en el patio gris", "Una luz que encandila" y una novela: "El puño del tiempo. Ha recibido importantes premios nacionales e internacionales. Su novela "El camino de las araucarias" obtuvo el Primer premio internacional de novela Mercosur y permanece inédita. Es también autora de literatura infanto juvenil editada por Alfaguara y otras destacadas editoriales argentinas. Es autora de ensayos literarios y de textos sobre calidad de vida y evolución de la conciencia publicados en distintos países. ❧

serie del
Fénix